두 얼굴의 사나이

n°
12

문학에서 발견하는
무한한 좌표들,
은행나무 시리즈 n°

두 얼굴의 사나이

강태식 소설

은행나무

차례

1

'돌아가!'

놈이 말했다. 두병의 머릿속에서.

아파트 단지 사이에 이 차선 도로가 뻗어 있었고, 그곳으로 가끔씩 자동차 몇 대가 지나다녔지만, 인도는 멸균 처리한 우유처럼 깨끗했다. 두병은 바닥에 깔린 보도블록이 느릿느릿 지나가는 모습을 바라보며 낮고 어눌한 목소리로 웅얼거렸다. 자기가 저지른 실수에 대해 변명하는 영업사원처럼.

“이래라저래라 하지 마.”

‘부족한 게 뭐야? 그런 게 있으면 여기서 말해. 그리고 당장 돌아가!’

머리 위에 해가 두 개쯤 떠 있는 것 같았다. 숨이 턱턱 막힐 정도로 더웠고, 아스팔트는 오래 구워서 까맣게 타버린 고깃덩어리 같았다. 두병이 걷고 있는 인도도 마찬가지였다. 군데군데 그늘이 있기는 했지만 뜨겁고 습하고, 쨍하게 내리쬐는 햇빛은 독이 바짝 오른 말벌처럼 사납고…… 계속 땀이 흘러내렸다. 장판 밑에서 물이 올라오는 것처럼. 그리고 그 모든 것을 합한 것보다 더 견디기 힘든 놈의 목소리가 두병의 머릿속에서 웅웅대고 있었다.

‘도망칠 수 있다고 생각하나?’

두병은 대답하지 않았다. 놈은 두병의 일부였고, 팔이나 다리보다 더 두병의 일부였고, 팔이나 다리는 잘라낼 수 있지만 놈은 그렇게 할 수 없었다. 놈은 두병의 머릿속에 있었다. 깊숙이 박혀 있는 못이나 총알처럼. 놈이 거기에 있다는 걸 두병도 알고 있었다. 자동차 몇 대가 더 지나갔고, 그 중 한 대가 신호에 걸려 횡단보도

앞에 서 있는 동안 두병은 깜박거리는 녹색 등을 바라보며 길을 건넜다.

"어서 오세요."

딸랑, 유리문 하나를 밀고 들어갔을 뿐인데, 편의점 안은 딴 세상처럼 시원했다. 무엇보다 숨이라는 걸 제대로 쉴 수 있었다. 두병은 일단 물을 샀다. 냉장고 제일 안쪽에 들어 있는 0.5리터짜리 생수였다. 그 자리에서 뚜껑을 돌려 급하게 들이켰다. 물은 냉장고에 오래 있었는지 이가 시릴 만큼 차가웠고, 나중에는 머리가 띵할 정도로 차가웠는데, 그런데도 두병은 물병이 빌 때까지 숨 한번 쉬지 않았다. 하지만 양이 조금 부족했다. 두병은 다시 냉장고로 갔다. 이번에는 파란색 이온음료를 골랐고, 용량은 생수보다 조금 많았다. 냉장고 제일 안쪽에서 꺼낸 500밀리짜리 게토레이. 그걸 계산한 다음 반쯤 마시자, 마치 처음부터 그랬던 것처럼 편안한 기분이 들었다. 적당한 온도와 충분한 수분, 그리고 딸랑 방울소리를 내는 유리문은 많은 것을 잊게 만들었다. ……잊게 만들었지만 사라지게 하지는 못했다.

바짝 독이 오른 햇빛과 숨 막히는 열기와…… 그런

것들이 유리문 밖에서 서성대며 두병이 나오기를 기다리고 있었다. 빚쟁이들처럼. 하지만 편의점은 휴게실이 아니었고, 살 물건이 없는 사람은 나가야 했는데, 두병에게는 더 이상 살 물건이 없었다. 나가면 화끈하게 데일 것 같았지만, 어쨌든 두병은 나갔고, 유리문을 열자마자…… 정말 모든 것이 화끈했다. 어디로든 도망치고 싶었다. 당장은 날씨로부터. 그리고 그게 가능하다면, 무엇보다 놈에게서.

'도망칠 수 있다고 생각하나?'

사실 처음 한동안은 그렇게 생각했다. 그때 두병은 아무것도 모를 만큼 어리석었고, 아무것도 모른다는 걸 알게 될 때까지 계속 어리석었는데, 지금도 두병이 알고 있는 건 자기가 아무것도 모른다는 사실 하나뿐이었다. 결국 두병은 아무것도 몰랐지만, 거의 모든 것을 알아낸 셈이었다. 최소한 어리석지는 않았으니까.

아무튼 그때는 그랬다. 하루에 열 잔 가까이 커피를 마셨고, 각종 에너지 드링크와 피로 회복제를 입에 달고 살았다. 각성제는 향정신성 약물이라 1979년부터 의약품관리법에 의해 규제를 받았고, 그래서 구하기 힘든 물건이었다. 하지만 얼마를 주느냐에 따라서 이야기가 달라졌다. 많은 돈으로 살 수 없는 물건은 이 세상에 없었다. 적어도 두병이 사는 세상에서는 그랬다.

한 알이 두 알이 되고, 두 알이 세 알이 되고…… 도망치면 도망칠 수 있다고 생각했지만, 세 알이 네 알이 되고, 네 알이…… 두병은 도망칠 수 없었다. 나흘 동안 잠을 안 자고 버틴 적도 있었다. 정확히 말하면 백다섯 시간하고도 사십오 분이었다. 그런 다음 두병은 정신을 잃었고, 눈을 떠 보니 일주일 뒤였다. 그 일주일 동안 달라질 수 있는 거의 모든 것이 달라졌는데, 달라지지 않은 것은 두병뿐이었고, 그래서 두병은 마치 몇 세기쯤 동면하다 깨어난 사람처럼 어리둥절했다. 침대와 장롱, TV와 벽지까지 모두 처음 보는 것들이었다. 방은 일주일 전보다 서너 배쯤 넓어졌고, 바닥에는 처음 그게 어땠는지도 알 수 없는 싸구려 장판 대신 박물관 벽에 걸어 두면 딱일 것 같은 카펫이 버젓하게 깔려 있었다. 화장실이 다섯 개나 됐고, 그중 하나는 화장실이라기보다 욕실에 가까웠는데, 창밖을 바라보면서 스파를 즐길 수 있는 커다란 욕조가 자리 잡고 있었다. 거실과

주방도 그랬다. 하룻밤 묵는 거라면 어떨지 모르지만, 거기에서 눌러 산다는 건 또 다른 이야기였다. 두병은 남의 집에 와 있는 기분이었고, 그런 기분은 절대 변하지 않을 것 같았고, 설령 변한다 해도 완전히 변하지는 않을 것 같았다.

'어때, 마음에 드나?'

그건 마음에 들고 안 들고의 문제가 아니었다. 놈이 아직 거기에 있다는 게, 놈에게서 도망칠 수 없다는 게, 그리고 앞으로도 계속 그럴 거라는 게 두병이 생각할 수 있는 전부였다. 베란다는 농구코트만큼 넓었고, 두병은 하프라인 끝에 서서 창밖을 바라보며 생각했다. 어쩌면 자기는 손님일지도 모른다고. 지금까지는 주인이라고 생각했지만, 이제부터는 그 생각을 바꿔야 할지도 모른다고.

습한 열기와 쨍한 햇빛. 몇 번 더 놈의 목소리가 들렸지만 두병은 대답하지 않았고, 뜨거운 날씨를 견디듯 놈의 목소리를 견뎠다. 원하는 게 뭐야? 놈은 두병이 원하는 것에 관심이 없었다. 자기가 원하는 것에만 관심이 있었는데, 그건 두병이 원하는 것이 아니었다.

돌아가! 두병에게는 돌아갈 곳이 없었다. 베란다에서 농구공을 던진 다음 화장실에서 스파를 즐길 수 있는 곳은 두병의 집이 아니었으니까. 그래서 두병은 대답하지 않았다. 고집스럽게 계속 걷기만 했다. 하지만 다리가 아팠다. 그리고 그건 아무리 고집을 부려도 변하지 않는 사실이었다. 어디든 앉아서 쉬고 싶었다. 햇빛을 가려 줄 만한 그늘이 있는 곳에서.

콜록콜록.

두병은 소리 나는 쪽으로 고개를 돌렸다. 아파트 단지 옆에 작은 공원이 딸려 있었다. 사실 그곳은 공원이라기보다 놀이터에 가까웠다. 미끄럼틀과 그네, 시소 같은 것들이 모래밭에서 올라오는 열기에 시달리며 흐느적대고 있었다. 그리고,

콜록콜록.

한 번 더 마른기침 소리가 들렸다. 공원에는 벤치가 하나뿐이었다. 사실 세 개가 더 있었지만 그곳에는 그늘이 없었고, 그건 없는 거나 마찬가지였다. 그리고 하나뿐인 벤치에는 노인이 앉아 있었다. 잔뜩 허리를 구부리고 있는지, 두병 쪽에서 보이는 건 군데군데 칠이

벗겨진 벤치 등받이와 그 위에 살짝 걸려 있는 노인의 뒤통수뿐이었다. 아무튼 벤치는 넓었고, 노인이 조금만 양보해주면 충분히 같이 앉을 수 있을 것 같았다. 두병은 공원 입구 쪽으로 걸어갔다. 콜록콜록, 귀에 거슬리는 마른기침 소리가 한 걸음 두 걸음 다가오고 있었다.

종현은 시간을 체크했다. 오 분쯤, 남자는 노인과 나란히 공원 벤치에 앉아 시간을 보냈다. 정확히 사 분 오십이 초였다. 거리를 두고 있었기 때문에 말소리는 들리지 않았다. 하지만 둘 사이에 대화가 오간 것 같지는 않았다. 다만 노인이 몇 번인가 마른기침을 했다. 날씨만큼이나 습하고 신경질적인 소리였는데, 그때마다 남자는 불편한 듯 이리저리 몸을 뒤척였다. 결국 남자는 오래 앉아 있지 못하고 자리에서 일어났다. 공원에서 나오는 남자의 한쪽 손에는 파란 이온음료 병이 들려 있었다.

남자는 일정한 템포로 걸었다. 그때마다 종현은 하나, 둘, 셋…… 숫자를 셌다. 일흔다섯, 일흔여섯, 일흔일곱…… 백까지 세면 다시 처음부터 시작했다. 중요한 것은 숫자가 아니었다. 숫자를 센다는 게 중요했다. 가슴에 청진기를 대듯 숫자를 세는 동안 종현은 남자의 심리상태를 체크할 수 있었다. 오른쪽으로 방향을 틀 때도, 왼쪽으로 꺾어질 때도, 좀 전처럼 편의점에 들어갈 때도 남자의 모든 행동은 종현의 예측 범위 안에 있었다. 지금 남자는 우울하고 불안했다. 다이빙 보드 끝에 서서 발밑을 바라보고 있는 아이처럼 잔뜩 겁을 집어먹고 있었다. 스물둘, 스물셋, 스물넷…… 숫자와 숫자 사이의 간격이 점점 벌어지고 있었다. 쉰여덟, 쉰아홉, 예순……. 거리를 좁혀야 할까? 종현은 고민했다. 갑작스럽게 밀려온 요의가 종현의 방광을 괴롭혔다.

자동차가 경적을 울리면서 지나갔다. 제법 덩치가 큰 유기견 한 마리가 남자를 향해 이빨을 드러내며 으르렁거렸다. 하지만 남자는 어떤 자극에도 반응하지 않았다. 무기력 이상의 무감각. 종현은 한 구의 시체를 미행하는 기분이었다. 정확히 말하면 좀비였다. 생명이 없는 것, 오래전에 죽은 것, 부패가 시작된 한 덩어리의 유기물. 마지막 장면에서는 관 뚜껑이 닫히는 모습을 보게 될까? 종현은 바닥에 침을 뱉으며 생각했다. 개구리 알처럼 드글드글 거품이 달라붙어 있는 침이었다. 아니, 거품뿐인 침이었다. 입 안은 퍼석하게 말라 있었다. 그곳에는 거품뿐이었고, 충치가 있는지 숨을 쉴 때마다 썩은내가 났다. 치과에 한번 가봐야겠다는 생각을 하면서 종현은 계속 숫자를 셌다. 여든하나, 여든둘, 여든셋…….

2

지난 삼 년 동안 종현은 개나 고양이를 쫓아다니면서 밥벌이를 했다. 그 전에는 잠깐 술집을 경영한 적도 있었지만 그 일은 몸이 너무 고달팠다. 취객을 상대하는 일도 만만치 않았다. 아는 동생을 불러다 일을 시켰지만 서빙은 종현이 직접 해야 했다. 주문을 받고 술과 안주를 날랐다. 반쯤 소화된, 걸쭉한 죽처럼 갈색이나 황토색을 띠는 토사물을 치워야 했다. 그때마다 종현은 경찰공무원으로 일할 때가 그리웠다. 술집에 비하면 경찰서는 무균실이나 다름없었다. 하얀 가운을 입고 소독을 해야 들어갈 수 있는 곳. 제복도 깨끗했고 일도 깨끗했다. 격일로 야근을 했지만 잠깐 눈을 붙일 수도 있었다. 비번인 날 종현은 농구 코트에 가서 공을 던지거나 한강에 나가 자전거 페달을 밟았다. 물론 모두 사고가 나기 전의 이야기지만.

그랬다. 사고가 있었다. 그날은 종현의 생일이었고, 그래서 평소보다 술을 많이 마셨다. 자정이 되기도 전에 필름이 끊겼다. 전구가 나가고 플러그가 뽑힌 것처럼. 정신을 차리고 보니 경찰서였다. 발소리, 울음소리, 고함 소리……. 제복을 입은 경찰은 둘뿐이었다. 나머지는 전부 술 한 잔 했다고 광고하거나, 술에 취하지 않았다고 주장하는 취객들이었다. 날짜와 요일을 함께 표시하는 벽시계가 정면에 걸려 있었다. 막 새벽 세 시를 지난 시간이었다. 하지만 종현에게는 그때까지의 기억이 없었다. 모든 장면이 순간적이고 단편적이었다. 더러운 변기, 길바닥에 뒤집혀 있는 금강제화 구두 한 짝, 엿가락처럼 흐물거리는 중앙차선과 급브레이크를 밟고 정지하는 자동차 비명 소리……. 분명한 것은 몸에 남아 있는 알코올과 대상을 알 수 없는 분노뿐이었다.

중학교 때 두 번, 고등학교 때도 몇 번인가 같은 경험이 있었다. 순간적이고 단편적인 장면들. 두꺼운 장편소설을 서너 군데만 읽고 덮어버린 느낌이었다. 하지만 종현만 그랬다. 다른 사람들은 글자 하나하나까지 모두 기억하고 있었다. 흉기로 사람을 내리찍는, 피가 튀고 살점이 떨어져나가는, 누구도 통제할 수 없는 괴물이 등장하는 공포소설이었다. 물론 괴물은 종현이었고, 그래서 종현은 전학을 자주 다녔다. 외할머니는 부모가 없는 종현에게 너그러운 편이었다.

"강종현 씨가 본인 맞습니까?"

잠깐 신분증을 들여다본 뒤 경찰이 물었다. 얼굴도 목소리도 지치고 피곤해 보였다. 주정뱅이나 상대하려고 경찰이 된 게 아닌데……. 하지만 종현의 직업을 알고 나자 태도가 뒤바뀌었다.

"피해자가 합의할 생각이 없다는데 어쩌죠?"

피해자는 종현의 옆자리에 앉아 있었다. 덩치가 크고, 얼굴이 우락부락하게 생긴 남자였다. 목에는 무거운 금목걸이가 걸려 있었고, 굵은 팔뚝에 흐린 문신이 새겨져 있었다. 삼각형 모양의 음모와 점처럼 찍힌 한 쌍의 유두가 선정적으로 보이는 여자의 나체. 종현은 피해자의 옆모습을 바라보며 입을 열었다. 죄송합니다. 종현은 너무 상투적이라고 생각했고, 매번 상투적으로 되풀이되는 상황이 지긋지긋했다. 모든 것이 상투적이었다. 피해자는 절대 고개를 들지 않을 것이다. 종현과 눈이 마주치지 않기 위해. 작은 소리로 울 수도 있다. 어쩌면 날카로운 목소리로 비명을 지를지도 모른다. 그런 뒤에 종현은 전학을 간다. 학교가 바뀌고, 사는 곳이 달라진다. 우리 착한 강아지.

그런데 피해자가 고개를 든다. 잠깐 동안 종현의 얼굴을 바라본다. 하지만 피해자의 얼굴에 나타난 표정은 원망도 증오도 아니었다. 억지로 쥐어짜낸 용기와 프레스처럼 모든 것을 납작하게 구겨버리는 공포뿐이었다. 자리를 잡지 못한 동공이 심하게 흔들렸다. 다시는 이런 괴물과 마주치지 않기를 바란다는 듯이.

종현도 그랬다. 손을 한번 흔들어준 다음 멀리 보내버리고 싶었다. 망나니짓을 하기에는 나이가 너무 많았다. 이번에 종현은 전학을 가는 대신 경찰복을 벗어야 했다. 눈이 뒤집히는 것도, 뚜껑이 열리는 것도 여기까지만. 종현은 좀 다르게 살아보자고 결심했다.

사실 술을 나르는 일보다는 술을 마시는 게 더 적성에 맞았다. 하지만 종현은 술을 한 방울도 입에 대지 않았다. 몸이 힘든 것 빼고는 수입도 제법 괜찮은 장사였다. 가끔 정신을 잃기도 했지만 그것은 술이나 분노 때문이 아니었다. 눕기만 하면 종현은 코를 골았다. 괴물은 나타나지 않았고, 괴물에게 물어뜯긴 사람도 없었다. 요란한 자명종 소리와 딱 십 분만 더 잤으면 하는 바람뿐이었다. 물론 그때는 그 십 분이 인생을 바꿀지 몰랐지만.

어느 날 일어나 보니 자명종 시계가 꺼져 있었다. 종현은 평소보다 십 분을 더 잤고, 그 십 분을 누군가에게 도둑맞은 기분이었다. 하지만 몸에는 여전히 졸음이 남아 있었다. 슬쩍 시간을 확인한 종현은 다시 눈을 감고 두 가지 생각을 했다. 사는 게 시시하게 느껴졌다. 그리고 딱 십 분만 더 잤으면 좋겠다는 생각. 그날 종현은 가게 문을 열지 않았다. 정확히 말하면 그날 이후로 다시는.

인테리어를 바꾸자 업종도 달라졌다. 조명을 교체하고, 벽지를 갈고, 재활용센터에서 구입한 소파 세트와 탁자를 들여놓았다. 철제 캐비닛 한 짝과 합판으로 된 책상을 배치하니 공인중개사 사무실 같았다. 밝고 수수하고 약간 따분한 분위기. 하긴 손님이 들어오면 건네는 말은 똑같았다. 무엇을 도와드릴까요? 마지막으로 간판을 새로 달았다. 거창한 이름이든 소박한 이름이든 이름을 붙인다는 게 웃기는 것 같았다. 탐정 사무소라고 하기에도 그랬다. 그래서 그냥 심부름센터라고 하기로 했다.

무엇을 도와드릴까요?

개를 찾는 사람이 반, 고양이를 찾는 사람이 반이었다. 더러는 도마뱀이나 이구아나를 찾기도 했고, 거북이나 딱정벌레를 찾는 사람들도 있었다. 아무튼 사람들은 항상 무언가를 잃어버렸고, 또 무언가를 계속 찾고 있었다. 그것이 애완동물이든 아니든.

십 분쯤 더 자도 도둑맞은 기분이 들지 않았다. 사는 게 시시하다는 생각도 그만큼 덜했다. 하지만 이십사 시간 중의 딱 십 분만큼만 그랬다. 나머지는 여전히 조잡한 장난감처럼 뻔하고 시시했다. 개나 고양이를 찾아 주면서 얻은 깨달음이 하나 있었다. 사는 게 다 그렇고 그렇다는 체념. 몇 분 만지작거리다 보면 지겨워지는 장난감을 몇십 년 동안 손에 꼭 쥐고 있는 기분이었다.

삼 년 동안 그렇게 지냈다. 사무실에 비치는 햇빛, 그 속에서 떠다니는 먼지들, 개와 고양이 냄새, 각종 고지서와 임대료, 그리고 건당 통장으로 들어오는 약간의 커미션……. 딱정벌레 한 마리와 (그때 종현은 딱정벌레와 바퀴벌레를 구별하지도 못했다.) 도마뱀 한 마리를 (의뢰인 집 부근에서 도마뱀 꼬리를 발견한 게 다였다.) 놓치기는 했지만 의뢰인과 말썽을 일으킨 적도 없었다. 괴물도 나타나지 않았다. 종현은 늘 이성적으로 생각하고 이성적으로 행동했다. 적어도 이성을 잃지 않기 위해 노력했다. 어려운 일이 아니었다. 종현은 동물을 좋아하지도 않았지만 싫어하지도 않았다.

그러던 어느 봄날이었다. 하루 종일 비가 내렸고, 사람들은 벚꽃이 일찍 떨어질까봐 걱정했다. 그만큼 하늘은 어둡고 무거웠다. 검은 벽지로 뒤덮인 낮은 천장처럼 사람들 머리 위에 바짝 내려앉아 있었다. 대낮부터 전조등을 켜고 달리는 자동차들과 엉거주춤하게 빛나는 네온사인들. 그런 날 벌어질 수 있는 일은 두 가지뿐이었다. 괴물과 마주치거나, 누군가의 영혼이 헐값에 거래되거나.

새벽 한 시나 한 시 반 정도였다. 날씨 때문에 몸이 무거워서 일찌감치 셔터를 내린 종현은 사무실 소파에 누워 눈을 감았다. 주위는 적막하고 백지처럼 단조로웠다. 그 위로 투둑투둑, 빗소리는 잉크방울처럼 떨어져 내렸다. 아무튼 누군가에게 전화를 걸기에는 지나치게 늦은 시간이었고, 누군가의 전화를 받기에도 적당한 시간은 아니었다. 하지만 전화벨이 울렸고, 잠시 망설이던 종현은 통화버튼을 누른 뒤 휴대전화를 귀에 가져다 댔다.

"강종현 씨?"

"네, 그런데요."

"내가 깨운 건 아닌지 모르겠군. 아니면 원래 잠이 없는 편인가?"

종현은 대답하지 않았다. 셔터를 내리는 시간은 대중없지만 잠자리에 드는 것은 보통 자정쯤이었다. 사무실에 혼자 있으면 일기라도 써야 하나 싶을 만큼 할 일이 없었다. 대개는 영화를 보면서 시간을 죽였다. 동네를 어슬렁거리면서 시간을 때울 때도 있었다. 그래도 잠이 안 와서 고생한 적은 없었다. 잃어버린 애완동물을 찾는 일은 가출한 중고생을 찾는 것만큼이나 힘든 일이었다. 하지만 그날은 이상할 정도로 잠이 오지 않았다. 영화를 두 편 보고, 비에 젖은 거리를 한 시간 이상 어슬렁거렸는데도 그랬다. 왜 그런지는 종현도 몰랐다. 설령 이유를 안다 해도 마찬가지였다. 모르는 사람에게 이야기할 만한 내용은 아니었다.

"뭐 상관없겠지. 내가 자네 할머니도 아니니까."

일찍 자야지, 우리 강아지. 휴대전화처럼 생긴 드라이아이스를 손에 쥐고 있는 느낌이었다. 맹렬하고 끔찍한 한기. 도발인가? 하지만 왜? 종현은 이성을 잃지 않기 위해 노력했다. 침착하게, 흥분하지 말고. 종현은 잠시 눈을 감고 압력을 빼듯 천천히 숨을 골랐다. 과열된 보일러처럼 폭발하고 싶지는 않았으니까.

"십 분까지는 기본요금입니다. 하지만 그 이상 떠들어대면 추가요금이 부과됩니다."

"요금이라면 얼마든지 지불하지. 나는 돈이 아주 많은 사람이니까."

"그럼 계좌번호를 불러 드릴 테니까 그리로 남아도는 돈을 좀 입금해주실래요."

종현은 노골적으로 이죽거렸다. 반드시 당한 만큼 돌려줘야 직성이 풀리는 성격이었다. 하지만 상대는 끄떡도 하지 않았다. 아무 말도 못 들은 사람처럼 이야기를 계속했다.

"……하지만 매우 까다로운 사람이기도 하지. 나는 자네처럼 삐딱하게 굴면서 자기를 멋지다고 생각하는 친구들을 많이 알고 있네. 그 중 몇 명에게는 대단히 혹독한 방법으로 예절이라는 걸 가르치기도 했고."

잠은 어느새 우주선을 타고 가야 할 만큼 멀리 달아나버렸고, 이번에도 종현은 아주 천천히 숨을 고르면서 압력을 뺐다. 하지만 남자의 목소리는 유리를 가는 것처럼 신경을 긁어댔다.

"말이 없는 걸 보니 조금은 현명해진 모양이군."

보일러는 이미 통제 불능이었다. 계기반의 압력 수치가 끝도 없이 치솟았다. 전화를 끊고 잠이나 자. 똥 밟은 셈 치면 그만이라고. 이성이 뒤늦게 끼어들어 입바른 소리를 했지만, 종현은 그 경고를 무시한 채 소리를 질렀다.

"당신 뭐야?"

이번에도 상대는 종현의 말을 못 들은 것처럼, 혹은 종현이 아예 거기에 없는 것처럼 굴었다. 칭얼대는 아이를 달랠 생각이 없는 부모처럼 말을 이었다.

"부탁할 일이 있어서 그러는데 잠깐 만날 수 있을까? 십 분 후에 내가 그리로 가지. 턱시도를 입을 필요는 없네. 깨끗한 양복이면 돼. 넥타이를 맬 시간도 충분할 걸세."

전화는 일방적으로 끊겼다. 몇 시쯤 됐을까? 시간을 확인하니 새벽 한 시 오십 분이었다. 종현은 자리에서 일어나 사무실 불을 켰다. 모든 것이 제자리에 놓여 있었다. 탁자 위에 펼쳐진 스포츠 신문에서는 르브론 제임스가 두 명의 수비수 사이에서 덩크슛을 하고 있었고, 귀찮아서 비우지 않은 쓰레기통 위에는 저녁으로 먹은 편의점 도시락 용기가 아슬아슬하게 매달려 있었다. 단지 기분이 좀 더러운 것뿐이었다. 악몽이라도 꾼 것일까? 종현은 목덜미를 주무르며 냉장고 문을 열었다. 맥주 생각이 간절했지만 탄산음료뿐이었다. 그것도 오래전에 김이 빠진 갈색 설탕물.

"자네는 사람 말을 안 듣는구먼. 예의라는 것도 모르고."

십 분 후, 종현은 한 남자와 마주 앉아 있었다. 굉장히 비싸고 중후한 밤색 양복을 입고 있었다. 휴고보스나 아르마니 제품 같았다. 아무튼 기성복이 아닌 것만은 분명했다. 아무나 신을 수 없는 구두 밑창이 빗물에 젖어 있었다. 종현이라면 호텔 로비 같은 실내에서, 그것도 날씨가 굉장히 좋은 날 한번 꺼내 신어볼까 생각할 수 있는 그런 구두였다. 돈이 아주 많다는 건 거짓말 같지 않았다. 종현은 무릎이 튀어나온 추리닝 바지와 목이 늘어난 티셔츠를 입고 있었다.

"필요할 때면 저도 넥타이를 매고 정장을 입습니다……. 그래서 용건이 뭡니까?"

남자는 살짝 이빨을 드러내며 종현의 눈을 응시했다. 웃는 표정을 짓고 있는 것 같았다. 하지만 위로 올라간 것은 한쪽 입꼬리뿐이었다. 깊숙한 곳에 박힌 어금니가

숫돌로 간 것처럼 날카로웠다. 그리고 강렬하지만 공허한 눈빛. 그곳에는 감정이 실려 있지 않았다. 조류나 파충류의 눈과도 달랐다. 버려진 우물처럼 돌을 떨어트리면 한참 후에야 무슨 소리가 들릴 것 같은 그런 눈이었다. 키와 체격은 평범했다. 비슷하게 생긴 사람을 두 명쯤 댈 수 있을 것 같은 흔해 빠진 얼굴이었다. 하지만 남자에게 속한 무언가가 종현의 어깨를 짓누르고 있었다. 비리고 위험하고 사악한 어떤 것과 마주 앉아 있는 느낌이었다. 순간 종현의 머릿속에는 하나의 단어가 떠올랐다. 괴물.

"아주 간단한 일이야. 사람을 좀 감시해줬으면 하네."

불륜이라는 말이 바로 떠올랐다. 하지만 곧 그 생각을 지웠다. 가정이 있고, 아내가 있고, 그 아내가 어쩌면 바람을 피우는 지도 모르고…… 그래서 남자가 종현을 찾아온 것 같지는 않았다. 그건 너무 평범한 이야기였고, 남자는 전혀 평범해 보이지 않았으니까.

"사람을 잘못 찾아왔네요. 그런 일을 언제 해봤는지 기억도 안 납니다."

"네 발 짐승을 쫓아다니는 것보다 쉬울지도 모른다는

생각은 안 해봤나. 물거나 할퀴지도 않지. 옷에 털을 묻힐 필요도 없고."

"굉장히 그럴듯하게 들리네요."

남자의 말은 둘 중 하나였다. 들으나 마나 한 헛소리 아니면 헛소리라서 들으나 마나 한 말들. 하지만 어떤 부분은 정확하기도 했다. 종현은 작정이라도 한 사람처럼 삐딱하게 굴고 있었다. 관심이 필요하거나 겁을 집어먹었다는 증거였다. 이유가 뭐야? 종현은 생각했다. 관심을 원하는 것 같지는 않았다. 하지만 겁을 집어먹었다는 걸 인정하고 싶은 마음도 없었다. 종현은 무의식적으로 어깨를 뒤로 젖히며 가슴을 부풀렸다.

"우선 열흘 치 수당을 먼저 지불하지. 세어보겠나?"

결정은 그 다음에 하라는 듯 남자는 봉투를 내밀었다. 종현도 반사적으로 손을 뻗었다. 지나치게 두툼했다. 종현은 친구의 일기장을 손에 쥔 아이처럼 잠깐 망설였다. 하지만 작고 힘없는 죄책감과 뿌리칠 수 없는 호기심. 자물쇠를 채워 놓은 일기장이라면 모를까 호기심에 저항할 수 있는 아이는 거의 없다. 남자가 내민 돈 봉투에는 자물쇠도 달려 있지 않았다. 종현은 저항하지 못하고 봉투를 열었다.

전부 현금이었다. 빳빳하게 날이 서 있었고, 사람을 취하게 하는 냄새가 났다. 한 장 한 장 넘길 때마다 전등 빛에 붙잡힌 나방처럼 틱틱 소리를 내며 파닥거렸다. 정확하게 오만 원짜리 이백 장이었다. 천만 원.

"왜, 액수가 부족한가?"

"돈이야 항상 부족해서 탈이죠."

"자네 몸값이 그렇게 비싼 줄 몰랐군."

"요즘은 세일기간이 아니라서요. 원래 싸구려도 아니지만."

종현은 몇 번 더 삐딱하게 굴었다. 두려움을 감추기 위해서였다. 손이 떨리고 머리털이 곤두섰다. 입 안이 얼얼할 정도로 달콤한 사탕. 녹여 먹든 깨물어 먹든 그건 종현의 자유였다. 하지만 뱉을 수는 없었다. 세상에 공짜가 없다는 걸 모를 만큼 종현은 어리석지 않았다. 그래서 더 무서웠는지도 몰랐다.

"일할 마음이 없나?"

종현은 대답 대신 손에 든 돈 봉투를 반으로 접어 바지 주머니 속에 쑤셔 넣었다. 그것으로 대답은 충분했다.

"그럴 리가요."

"현명한 선택이군. 그럼 이제부터 일 이야기를 해볼까."

일 자체는 간단했다. 누군가를 감시하기만 하면 되는 일이었다. 대신 따라붙는 조건이 까다로웠다. 상식적으로 이해할 수 없는 것 투성이였다. 왜 그래야 하는지 이유도 알 수 없었다. 하지만 가장 마음에 들지 않는 조건은 따로 있었다.

"질문이나 하라고 자네를 고용한 줄 아나. 자네는 시키는 대로만 하면 돼. 생각은 내가 할 테니까."

"듣던 중 반가운 소리네요."

"말대꾸도 하지 말고. 앞으로는 내 말에 토를 달지 않는 게 좋을 거야."

"노력은 해보죠."

잠시 후 남자는 사진 한 장을 내밀었다. 감시해야 할 누군가의 사진이라고 했다. 분위기도 다르고 어딘지 모르게 지쳐 보였지만 비슷하게 생긴 사람을 두 명쯤 댈 수 있을 것 같은 흔해 빠진 얼굴. 종현은 고개를 들어

맞은편에 앉아 있는 남자를 바라보았다.

“지금 장난하는 겁니까?”

“장난치고는 너무 비싼 것 같지 않나. 게다가 자네는 계속 질문을 해 대는군.”

적절하지 않은 행동이라는 듯 남자는 종현을 바라보며 고개를 저었다.

“돈이 필요하지 않은 사람처럼 말이야.”

비는 다음날까지 이어졌고, 바람이 없는 거리에는 안개가 가득했다. 아침 일곱 시 삼십 분. 그런 날씨 속에서도 사람들은 회사에 출근하고, 가게 문을 열고, 아이들을 학교에 보내기 위해 바쁘게 움직였다. 머리를 말리지 못한 여자가 샴푸 냄새를 풍기며 지나갔고, 한 손에 서류가방을 든 남자는 다른 한 손에 우산을 받쳐 들고 허둥지둥 종종걸음을 치고 있었다. 전철역에 도착한 종현은 다른 사람들과 비슷한 타이밍에 우산을 접었다. 우산 끝에서 똑똑 빗방울이 떨어져내렸다.

“그럼 난 이만 가보지. 자네에게 실망하는 일이 없었으면 좋겠군.”

“저도 그랬으면 좋겠네요.”

남자가 사무실에 머문 시간은 삼십 분 정도였다. 무의미한 몇 마디 말과 일에 대한 이야기를 주고받았다. 그리고 돈이 오갔다. 무언가를 팔아치웠다는 뜻이었다. 물건은 아니었다. 달력으로 계산할 수 있는 시간 같지도 않았다. 그렇다고 돈이나 시간보다 중요한 무엇이라고 말할 수도 없었다. 종현은 영혼을 믿지 않았다. 만약 그런 게 정말 있다면 오래전에 팔아치웠을 것이다. 그것도 터무니없는 헐값에. 하지만 뭐지, 이 더러운 기분은? 사무실 가득 침묵이 차올랐고, 그 침묵이 책상이며 탁자며 집기 같은 것들을 집어삼켰다. 종현은 멍하니 소파에 앉아 그 모든 것들을 바라보고 있었다. 물속에 잠긴 시체처럼 불길하게 흐물거리는 일상들. 종현은 유령 물고기를 떠올렸다. 뼈만 남은 물고기 한 마리가 시체 주위를 헤엄쳐 다니고 있었다. 그런 느낌이었다. 누군가 종현의 살을 깨끗하게 발라낸 것 같았다. 부품 몇 개가 빠진 가전제품처럼 기능은 사라지고 부피만 남은 기분……. 끔찍했다. 술이 있다면 취하고 싶었다. 물론 술이라면 얼마든지 있었다. 편의점에. 우산을 펴고, 슬리퍼를 끌면서 편의점까지 걸어가고, 그러는 동안 발이

젖고, 어쩌면 무릎까지 축축해지고……. 그러면서까지 술을 마셔야겠어? 종현은 스스로에게 물었다. 그러고 싶지 않았다. 대신 종현은 사무실 불을 끄고 소파에 누워 눈을 감았다. 한동안 잠이 오지 않아 고생했지만 현명한 선택이라고 생각했다. 남자가 두고 간 사진 한 장이 소파 옆 탁자 위에 등을 대고 누워 있었다.

도착역에 내린 종현은 플랫폼에 설치된 자판기 옆에서서 사람들이 빠져나가기를 기다렸다. 다행히 오래 기다릴 필요는 없었다. 그리고 다음 열차는 두 정거장 전역에 있었다. 종현은 사무실에서 챙겨 온 사진을 꺼내 들었다. 재미도 없고 이해도 할 수 없는 농담 같았다. 토크쇼에 출현한 개그맨이 정치 이야기를 늘어놓을 때처럼. 그럼 다음 게스트로 정부 관계자를 모셔서 배꼽 빠지게 웃긴 이야기를 들어보겠습니다. 채널 고정!

비슷하게 생긴 사람들은 많았다. 형이나 동생일 수도 있었다. 쌍둥이 형제가 아닐까? 남자가 처음 사진을 내밀었을 때 종현은 그렇게 생각했다. 하지만 곧 그 생각을 접었다. XY축의 좌표 값이 (1,2)와 (2,3)쯤 될 것 같은 점 두 개가 왼쪽 눈 밑에 찍혀 있었다. 사진 속의 남자에게도, 그 사진을 들고 한밤중에 불쑥 나타난 또 다른 남자에게도.

"지금 장난하는 겁니까?"

남자는 장난이 아니라고 분명히 말했지만 종현은 그 말을 믿지 않았다. 사실 사진 같은 건 필요 없었다. 그냥 나를 좀 감시해달라고 말하면 그만이었다. 맛이 갔군. 종현은 생각했다. 아니면 비싼 장난을 칠 만큼 심심하거나. 아무튼 끼고 싶지 않은 판이었다. 나는 됐으니까 이번 판에서 좀 빼줄래요. 하지만 중요한 것은 종현의 생각이 아니었다. 남자는 장난을 그만둘 생각이 없는 것 같았고, 무엇보다 사람을 어떻게 다뤄야 하는지 잘 알고 있었다.

"돈이 필요하지 않은 사람처럼 말이야."

에스컬레이터를 타고 3번 출구로 올라온 종현은 머리가 젖기 전에 우산을 펼쳐 들었다. 빗방울의 굵기는 여전했다. 우산 위에서 토독토독 콩 볶는 소리를 냈다. 몇 번 번개가 쳤고, 그때마다 천둥소리가 울려 퍼졌다. 동굴 속에서 폭발한 다이너마이트처럼 청각뿐 아니라

시각마저 흔들어대는 거대한 소리. 시야에 잡히는 모든 것이 휘청거렸다. 도로와 인도가, 가로수와 신호등이, 그리고 어쩌면 눈에 보이지 않는 것들까지도. 하지만 안개만은 예외였다. 세상에서 가장 무겁고 견고한 물건처럼 꼼짝도 하지 않았다.

"어떻게 오셨습니까?"

사진 속의 남자는 로얄시티라는 곳에서 살고 있었다. 로얄시티 503동 2401호. 물론 의뢰를 부탁한 남자와 함께. 처음에는 너무 거창한 이름이라고 생각했다. 하지만 직접 보니 생각이 달라졌다. 정말 왕족이 살 것 같았다. 하인들이 돌아다니고, 후궁들이 산책을 하면서 수다를 떨고, 주차장에는 엔진이 달린 천박한 쇳덩어리 대신 기품이 있는 말과 마차가 서 있고……. 단지 정문을 지키는 경비마저 자신을 위병 장교쯤으로 착각하는 것 같았다. 옆구리에 찬 가스총과 잘 다린 제복, 그리고 목이 긴 군화.

"주소와 이름을 대게. 그럼 들여보내줄 거야. 방문 목적은 자네가 적당히 알아서 하고."

종현은 먼저 남자의 이름을 댔다. 채두병 씨를 만나

러 왔는데요. 그런 다음 몇 동 몇 호에 사는지 주소를 덧붙였다. 방문 목적은 평범할수록 좋을 것 같았다. 가족이나 친척? 아니면 가끔 만나서 술이나 한 잔 하는 친구? 상황을 봐서 대충 아무거나 골라잡을 생각이었다. 하지만 경비는 방문 목적을 묻지 않았다. 대신 냉장고 박스처럼 생긴 초소에 들어가 컴퓨터 자판을 두드렸다.

"방문 접수가 돼 있네요. 그리고 이건 나가실 때 반납하시면 됩니다."

목줄이 달려 있는 방문증을 종현은 바지 주머니에 쑤셔 넣고 걸었다. 정육의 옆구리쯤에 찍혀 있는 도장, 주소와 이름이 들어간 개 목걸이. 하지만 얼마나 그렇게 걸었을까. 저기요, 경비의 목소리가 종현을 불러 세웠다. 목에 하세요.

커피 볶는 냄새와 빵 굽는 냄새가 탁한 담배 연기처럼 거리에 가득했다. 바닥에는 대리석이 깔려 있고, 몇 걸음마다 조각상이 서 있었다.

"대디!"

다섯 살이나 여섯 살쯤 됐을까? 한국말을 모를 것 같

은 아이가 아빠를 부르며 달려갔고, 바게트를 안고 걸어가는 여자, 애완견과 함께 산책을 나온 노부부, 뿔테 안경을 쓴 중년 남자는 파라솔 밑에 앉아 전문서적을 읽고 있었다. 기분이 묘했다. 호텔에서 가장 비싼 메뉴를 가장 비싸다는 이유만으로 주문한 다음 천천히 음미할 때처럼. 무슨 맛인지 알 수 없었다. 하지만 두 가지 정도는 분명하게 말할 수 있을 것 같았다. 더럽게 느끼하고, 더럽게 고급스럽군. 그런데 비가 내리지 않았나? 종현은 바닥이 말라 있는 것을 확인하고 우산을 접었다. 날씨와 상관없이 항상 깨끗하고 쾌적한 주거공간을 원하지 않으세요? 4층 높이쯤에 설치된 유리 천장이 단지의 대부분을 덮고 있었고, 비는 딱 거기까지만 내렸다.

501동과 502동은 나란히 붙어 있었다. 그 너머는 후문이었고, 계속 비가 내리고 있었다. 종현은 왼쪽으로 방향을 틀었다. 503동은 총 24층짜리 건물이었다. 중앙 계단을 사이에 두고 각 층마다 두 가구씩 입주해 있는 형태였다. 겉에서 보이는 건 베란다뿐이었다. 캐치볼을 하거나 볼링공을 굴려도 될 만큼 긴 베란다. 종현은 고개를 들어 꼭대기 층을 바라봤다. 오른쪽 집에는 불이 켜져 있었고, 왼쪽 집은 그렇지 않았다. 과연 어느 쪽일까?

그날 밤, 종현은 전화벨 소리에 잠을 깼다. 휴대전화 액정에 남자의 이름이 찍혀 있었다. 괴물. 전날과 같은 시간이었고, 전화는 남자가 요구한 조건 중 하나였다. 내가 전화하지. 뭐든 좋아. 보고할 일이 있으면 그때 이야기하게.

"식물인간처럼 얌전하던데요."

"식물인간처럼 어떻게 얌전했다는 거지? 나한테 보고할 때는 비유를 사용하지 말게. 사실을 구체적으로 말해. 무슨 말인지 알아듣겠나?"

사실을 구체적으로 말하면 시간이 너무 오래 걸릴 것 같았다. 하지만 일은 일이었다. 돈을 받은 이상 어쩔 수 없었다. 종현은 남자가 시키는 대로 했다. 엄마한테 동생의 잘못을 일러바치는 고자질쟁이처럼.

종현은 카페 야외 의자에 자리를 잡고 앉아 기다렸다. 502동에서 503동으로 꺾어지는 모퉁이에 위치한 카페였다. 카페를 등지고 앉자 503동 출입구가 해적이 키우는 앵무새처럼 왼쪽 어깨 위에 내려앉았다. 종현은 캐러멜 마키아토를 마시면서 시간을 죽였다. 세 발 자전거를 탄 아이가 신나게 한번 놀아보자는 의미의 비명을 지르면서 달려나왔고, 교복을 입은 남학생이 휴대전화를 만지작거리며 들어갔다. 그 외에는 출입이 없었다. 하품을 하자 눈물이 나올 정도로 따분했다. 비 오는 날에는 안 그래도 가끔씩 단 게 당겼다. 죽도록 심심할 때도 그랬다. 그래서 캐러멜 마키아토 세 잔. 그것도 제일 큰 사이즈로. 혈당치와 비만, 충치 같은 것들이 마음에 걸렸지만, 아침부터 비가 내리고 있었고, 그때 종현은 죽도록 심심했으니까.

"영수증을 가지고 왔어요. 나중에 청구하죠."

503동 현관에서 남자가 나온 것은 한 잔 더 할까 하는 유혹과 치열한 사투를 벌이고 있을 때였다. '건강을 생각해야지'가 '뭐 어때'와 '벌써 세 잔이나 마셨잖아'에 칠 대 삼 정도로 밀리고 있었다. 약쟁이나 알코올중독자가 된 기분이었다. 팔 대 이, 구 대 일……. 종현은 카운터로 가기 위해 몸을 일으켰다. 그때 남자가 나왔고, 천천히 걸어왔고, 같은 속도로 느릿느릿 지나갔다. 반팔 상의에 면바지를 입은 편안한 차림이었다. 종현은 재빨리 사진을 꺼내 들었다. 오래 볼 필요는 없었다. 몇 시간 전에도 본 얼굴이었으니까. 물론 분위기는 많이 달랐다. 아르마니 양복과 편안한 면바지만큼, 풀이나 뜯어먹는 초식동물과 피에 굶주린 맹수만큼. 하지만 알아보지 못할 정도는 아니었다. 개나 고양이의 얼굴을 기억하는 것보다 쉬웠다. 그리고 종현의 기억력은 제법 쓸 만한 편이었다.

"그래서?"

그래서 어떻게 했더라? 당연히 남자의 뒤를 밟았다. 십 미터쯤 거리를 두고 천천히 걸었다. 우산은 보이지 않았다. 단지 내를 어슬렁거리면서 시간을 보낼 모양이었다. 한 발 두 발 걸음을 옮길 때마다 헐렁한 가죽 샌들이 발바닥을 때리면서 딱딱 나른한 소리를 냈다.

남자는 서점에서 많은 시간을 보냈다. 신간 코너를 한번 훑고 난 다음 잡지 매대 쪽으로 걸음을 옮겼다. 남자는 사진에 관심이 많은 것 같았다. 글자를 읽지는 않는지 책장이 빨리 넘어갔다. 한 권에 오 분 이상 걸리지 않았다. 분야도 다양했다. 자동차, 스포츠, 영화, 패션……. 남자는 되는대로 잡지를 집어들었다. 특별한 취향도 없는 것 같았다. 책장을 넘기는 동안 남자의 표정은 내내 심드렁했다. 아이들의 방학 일기를 검사하는 초등학교 교사처럼. 종현은 십 미터쯤 떨어진 팬시 코너에서 한 움큼씩 꽂혀 있는 필기도구들을 만지작거리고 있었다. 물론 살 생각은 없었다. 종현과는 인연이 없는 물건이었다.

서점 다음은 빵집이었다. 종현은 밖에서 기다렸다. 정확히 말하면 십 미터쯤 떨어진 곳에 우두커니 서 있었다. 옆에 조각상이 있었지만 그걸 감상하는 척하면 이상해 보일 것 같았다. 빈손이 어색하게 느껴졌다. 볼펜이라도 하나 살걸 그랬나. 기다리면서 만지작거리게. 다행히 오래 기다릴 필요는 없었다. 종현은 시간을 체크했다. 남자가 빵집에 머문 시간은 삼 분 십일 초였다. 남자는 바게트 두 개가 나란히 꽂혀 있는 종이봉투를 애완견이라도 되는 것처럼 가슴에 안고 있었다.

"거기에서는 바게트가 유행인가봐요. 열댓 명은 본 것 같네요. 혹시 맛집인가? 아니면 바게트만 세일하나요?"

"그걸 내가 어떻게 아나."

"거기 살잖아요."

"거기 살지만 밀가루 음식에는 취미가 없네. 하던 이야기나 계속해."

그 후 남자는 산책 비슷하게 어슬렁거리면서 이리저리 돌아다녔다. 분수대 주위를 몇 바퀴 돌기도 했고, 갤러리에 들어가 유명 화가의 그림을 감상하기도 했다.

"에곤 실레였나? 프리다 칼로였나? 기억이 잘 안 나네요."

"클림트전이야. 며칠 됐지."

남자가 커피전문점으로 들어갈 때쯤 종현은 인도음식점 앞에 서서 메뉴판을 들여다보고 있었다. 커리, 난, 탄두리 치킨, 사모사, 비리야니……. 적당한 곳에 편의점 간판이 보였다. 종현은 파라솔 밑에 앉아 삼각김밥 포장을 뜯으며 장기전을 대비했다.

"영수증을 챙겼겠군."

"두말하면 잔소리죠."

아늑하고 분위기 좋은 카페였다. 붐비지도 않았다. 앉아서 뭘 하든, 아니 그냥 침이나 질질 흘리면서 꾸벅꾸벅 존다 해도 충분히 지적으로 보일 것 같은 카페였다. 하지만 남자는 자리에 앉지 않았다. 기껏해야 오 분 남짓이었다. 종현의 입 안에 아직 씹지 못한 밥알들이 굴러다니고 있었다. 남자는 테이크아웃한 커피를 들고 어디론가 걷기 시작했다.

공연이 없는 야외무대에는 아련한 느낌의 클래식 선율이 늙고 지친 남자의 목소리처럼 떠다니고 있었다. 첼로 독주 앨범 같았다. 귀에 익은 곡이었다. 바흐의 G선상의 아리아. 남자는 객석 맨 앞줄에 몸을 파묻고 앉았다. 등받이 위로 보이는 부분은 뒤통수의 삼 분의 일도 되지 않았다. 커피를 마시는지 잊을 만하면 한 번씩 고개를 뒤로 젖혔다.

“애완동물들은 달라요. 특히 개는 정신없이 뛰어다니죠. 하지만 남자는 그곳에 앉아서 몇 시간째 꼼짝도 하지 않더라고요.”

종현은 객석의 맨 뒷줄로 가서 자리를 잡았다. 가운데 칸은 피하는 게 좋을 것 같았다. 그게 움직이기 편할 거라고 생각했다. 남자는 언제든지 변덕을 부릴 수 있었다. 종현은 오른쪽 끝에서 두 번째 칸에 앉았다. 남자의 뒤통수와 이마 일부, 그리고 오른쪽 귓바퀴가 보이는 위치였다. 종현은 편의점에서 사 온 신문을 펼쳐 들었다. 얼굴을 가리기 위한 소품이었지만, 그냥 시간을 때울 만한 읽을거리가 필요하기도 했으니까.

세상은 벌집을 쑤신 것처럼 시끄러웠다. 정치인과 공무원이 비리를 저지르고, 고속버스가 전복되는 바람에 몇 명이 죽고, 음식점에서 다량의 대장균이 검출되는가 하면, 불화설이 나돌던 연예인 커플이 결국 파경에 이르고……. 그리고 아주 사소한 이유 때문에 누군가 누군가를 죽였다. 종현은 기사의 내용을 한 번 죽 훑었다. 이렇다 할 느낌은 없었다. 늘 반복되는 일이기도 했지만, 보도사진이나 활자로 접하는 사건은 좀처럼 피부에 와 닿지 않았다. 그럴듯하게 잘 쓴 공포소설 정도의 현실감과 비현실감. 하지만 신문에 이름이 실리는 일은 사양하고 싶었다.

종현은 신문을 재독했다. 글자 한 자 한 자를 꼼꼼하게 읽었다. 행간으로 눈길을 돌리자 기사의 내용이 세 배쯤 길고 생생하게 다가왔다. TV편성표도 의외로 흥미로웠다. 음식 관련 프로그램들이 자정을 전후로 한 심야 시간대에 몰려 있었다. 아침 편성표의 테마는 주로 운동과 건강이었다. 뭘 하자는 건지 알 수가 없었다.

사설을 읽고, 생활영어 한 마디를 익히고, 낱말 맞추기까지 했지만 남자의 뒤통수는 움직이지 않았다. 벽에 걸린 액자 같았다. 이사 갈 때나 한 번씩 뗐다 붙였다 하는 액자. 두 시간째 그랬다. 주민 몇 명이 왔다 갔고, 오케스트라 실황 연주가 첼로 독주를 대신했다. 운이 다 된 노름꾼처럼 밑천까지 탈탈 털린 기분이었다. 다 읽은 신문, 녹슨 서랍처럼 뻑뻑한 눈, 아파 죽겠다고 징징대는 허리, 그리고 깨끗하게 바닥난 인내심. 하지만 종현은 한 시간쯤 더 앉아 있었고, 정말 아무것도 남지 않았다고 느꼈을 때 자리에서 일어났다. 조금 엉뚱한 짓을 해보고 싶었다. 종현은 남자의 뒤통수를 바라보며 천천히 걸었다. 분별력이라고는 요만큼도 없는 행동 같았다. 어떻게 하겠다는 생각도 없었다. 그냥 그러고 싶었고, 그래서 남자의 옆자리에 앉았다.

"미쳤군."

"콕 짚어서 말해주니 고맙네요. 사실 계속 긴가민가 했거든요. 내가 지금 돈 받고 미친 짓을 하는 건 아닌가 하고요."

남자의 눈은 무대가 있는 정면에 박혀 있었다. 하지만 아무것도 보고 있는 것 같지 않았다. 텅 빈 종이컵처럼 바닥에 찌꺼기만 남아 있는 공허한 시선. 무엇을 보기에는 너무 탁하고 무기력했다. 남자의 모든 것이 그랬다. 밀랍인형처럼 어떤 자극에도 반응하지 않을 것 같았다. 남자는 더 이상 괴물처럼 보이지 않았다. 축축하게 젖은 걸레, 배를 뒤집고 둥둥 떠다니는 물고기, 매미가 버리고 간 유충의 껍질……. 종현은 남자의 옆에 앉아서 그런 것들을 떠올리고 있었다. 그리고 텅 빈 무대를 바라보며 객석에 앉아 있는 한 구의 시체.

"그래도 말은 걸지 않았어요. 대답할 것 같지 않았거든요. 어차피 알아듣지도 못했겠지만."

한 일 분이나 그렇게 있었나. 더 이상의 호기심은 없었다. 시간이 아주 길게 느껴졌다. 초침이 시침처럼 느리게 움직이는 것 같았다.

죄송합니다.

아주 오래전 일이 떠올랐다. 술 취한 밤, 취객들로 가득 찬 경찰서, 역삼각형 모양의 음모와 점처럼 찍혀 있는 한 쌍의 유두, 피해자의 팔뚝에는 흐리고 선정적인 문신이 새겨져 있었다. 모든 게 상투적이었다. 지겹고 불편했다. 도망칠 수 있다면 도망치고 싶었다. 그것도 아주 멀리.

"전화를 받는 척하면서 일어났어요. 사실 그럴 필요도 없었는데 말이죠. 한 대 후려치고 가도 모를 것 같았거든요."

남자는 늘 그랬다. 반쯤 죽은 사람 같았다. 매일 같은 시각에, 매일 같은 동선을 따라 한 치의 오차도 없이 움직였다. 한 번도 뒤를 돌아보지 않았다. 단지에서 벗어난 적도 없었다. 며칠이 지나고 몇 주가 지나도 마찬가지였다. 서점과 빵집, 카페와 야외무대를 남자는 시계추처럼 왔다 갔다 했다.

몸은 힘들지 않았다. 앉아 쉴 곳은 얼마든지 있었고, 남자는 성능이 좋은 냉장고만큼이나 조용하고 얌전했으니까. 하지만 이상하게 맥이 풀렸다. 머리가 무겁고 어깨가 처졌다. 야금야금 마모되는 느낌이었다. 그게 뭐든, 꼭 마음이 아니더라도, 아주 천천히 닳아 없어지고 있었다. 그리고 종현은 그런 느낌이 싫었다. 하지만 일은 일이었다.

"수고했네."

종현은 밤마다 전화를 받았다. 새벽 한 시에서 두 시 사이에 전화벨이 울렸다. 당연히 남자의 전화였다. 삼십 분쯤 일 이야기를 했다. 특별할 게 없는 내용이었다. 수학공식처럼 토씨 하나 틀리지 않을 때도 많았다. 구구단을 외우는 것 같았다. 이 일은 이, 이 이는 사, 이 삼은 육…… 구 칠에 육십삼, 구 팔에 칠십이, 구 구 팔십일. 전화를 끊고 나면 술 생각이 간절했다. 물론 술이라면 얼마든지 있었다. 편의점 냉장고에.

종현은 사무실 소파에 누워 눈을 껌벅거렸다. 천장까지 쌓인 어둠은 돌덩이만큼이나 단단했고, 그 속에서 한두 대씩 차가 지나다녔다. 천천히 다가왔다 확 하고 멀어지는, 고개가 돌아갈 정도로 선명한 엔진 소리. 몸은 피곤한데 잠이 오지 않았다. 종현의 머릿속은 남자에 대한 생각으로 가득했다. 처음에는 한 사람이었다. 밤에는 아르마니 양복을, 낮에는 편안한 면바지를 입고 다녔다. 말투도 다르고, 분위기도 달랐다. 한 명은 꺼져가는 촛불처럼 희미했고, 다른 한 명은 소방차가 열 대쯤 출동해도 끌 수 없는 화재처럼 강렬했다. 하지만 종현에게 남자는 단수였다. 왼쪽 눈 밑에 찍혀 있는 두 개의 점……. 모든 게 뒤죽박죽이었다. 남자는 손에 든 가면을 썼다 벗었다 하며 장난을 치고 있었다.

어떤 게 진짠지 맞춰봐.

확률은 반반이었다. 바닥에 뒤집혀 있는 그릇은 두 개였고, 구슬은 그중 한 곳에 들어 있었다. 야바위와 비슷했다. 물론 다른 점도 있었다. 둘 중 하나를 고른다 해도 구슬이 들어 있는 그릇은 뒤집힐 것 같지 않았다. 질문이나 하라고 자네를 고용한 줄 아나. 두툼한 손이 그릇을 덮고 있었다. 그 손의 주인은 구슬을 보여줄 생각이 없는 것 같았고.

그렇게 시간이 흘렀다. 돈은 일주일 단위로 통장에 들어왔다. 밀린 임대료와 공과금을 해결했다. 생활이 한결 여유롭게 돌아갔다. 깜짝 놀랄 만큼 많은 자유와 가능성이 생겼다. 돈은 생각을 현실로 만드는 힘이 있었다. 종현은 차를 굴리는 것에 대해 생각하기 시작했다. 남자가 야외무대에 앉아 있는 동안 종현은 자동차 카탈로그를 넘겼다. 차종을 알아보고 가격과 연비를 따지면서 심각하게 고민했다. 남자가 서점에서 잡지를 보고 있을 때, 종현은 그냥 바라보기만 해도 멋진 만년필들을 감상했다. 인연이 없는 물건이었지만, 만약 뭘 쓰게 된다면 오른쪽 끝에서 두 번째 칸에 꽂혀 있는, 고급스럽고 품위 있게 생긴 금색 만년필로 쓰고 싶었다. 뭘 쓰지 않아도 상관없었다. 책장에 꽂혀 있는 전집이나 한 번도 사용한 적 없는 벽난로처럼 필요는 없지만 품격을 높여주는 물건이었으니까. 저거 꺼내주세요. 아니, 그 옆에 있는 금색 만년필이요. 종현은 카운터로 가서 계산했다. 조금은 부자가 된 기분이었다. 나쁘지 않았다. 솔직히 말하면 굉장히 좋았다. 만년필 때문은 아닌 것 같았다. 10킬로그램쯤 감량에 성공한 것처럼 몸이 가벼웠다. 많은 자유와 가능성. 돈 걱정 없이 물건을 집어든다는 건 기막힐 정도로 홀가분한 경험이었다.

어떤 그릇 속에 구슬이 들어 있건 종현은 더 이상 알고 싶지 않았다. 구슬은 없을지도 몰랐다. 사실 그럴 가능성이 더 컸다. 어느 쪽도 진짜 같지 않았다. 구슬은 야바위꾼의 주머니 속에 들어 있고, 그릇은 둘 다 비어 있었다. 그렇지 않을까? 종현은 생각했다. 물론 그 반대일 수도 있었다. 남자가 아르마니 양복을 입고 나타난

건 한 번뿐이었다. 시간이 흐를수록 기억이 흐려졌다. 분명하게 말할 수 있는 부분도 점점 사라졌다. 숫돌에 칼을 갈 때처럼 한 가지 사실만이 예리하게 빛났다. 징그럽게 비가 많이 내리던 날이었지. 하지만 그 외의 것들은 심하게 갈린 것처럼 형체를 알아볼 수 없었다. 뭉개지고 번지고 녹아내린 장면들. 왼쪽 눈 밑에 찍혀 있던 두 개의 점도 그랬다. 그런 게 정말 거기에 찍혀 있었나? 종현은 장담할 수 없었다. 잘못 본 것일 수도 있었다. 늦은 밤이었고, 맞은편 소파에 괴물이 앉아 있었고, 그런 상황에서는 종종 헛것이 보일 수도 있으니까. 그렇게 점이 지워지자, 와이퍼로 차창을 밀어낸 것처럼 시야가 뚜렷해졌다. 남자는 더 이상 단수가 아니었다. 얼굴과 체형이 비슷하게 생긴, 어쩌면 그것도 착각일지 모르지만, 아무튼 별개의 둘이었다. 그렇게 생각하는 게 편했다. 일을 할 때도, 돈을 받을 때도, 그 돈을 쓸 때는 말할 것도 없이……. 종현은 점점 질문을 하지 않는 법을 배워갔다. 남자의 충고는 유용했다. 질문은 아무런 도움도 되지 않았다. 자동차 카탈로그를 넘길 때나, 고급 만년필을 구입할 때는 더더욱.

열다섯, 열여섯, 열일곱…….

종현은 계속 숫자를 세고 있었다. 백까지 센 다음 다시 처음부터 시작했다. 모두 합하면 대체 얼마나 될까? 만? 이만? 남자의 보폭은 넓지도 않고 좁지도 않았다. 한 걸음당 대략 50센티미터 정도. 종현은 사거리 쪽으로 걸어가는 남자를 보면서 주판알을 굴렸다. 적게 잡아도 5킬로미터 이상이었다. 산책을 나온 것치고는 이동거리가 너무 길었다. 목적지가 있는 것 같지도 않았다. 편의점에서 한 번, 공원 벤치에서 한 번, 잠깐 시간을 보낸 게 다였다.

서른하나, 서른둘, 서른셋…….

그날도 다른 날과 비슷했다. 시작은 무난했다. 종현은 카페 앞에 앉아서 남자를 기다렸고, 남자는 제시간에 맞춰 집을 나섰다. 서점을 그냥 지나칠 때만 해도 그러려니 했다. 그리고 빵집에서도……. 남자는 한 달 내내 빵만 먹었다. 종현이 알기로는 그랬다. 음식을 배달시키거나, 직접 요리를 하는 것 같지는 않았다. 하루쯤 다른 메뉴를 고른다 해도 이상할 게 없었다. 하지만 카페 앞을 그냥 지나칠 때는 더 이상 그러려니 할 수가 없었다. 한꺼번에 너무 많은 우연이 겹쳤다. 서점에서 한 번, 빵집에서 한 번, 카페에서 한 번……. 오늘은 보고할 내용이 많겠는걸. 통화가 길어지겠어. 굽은 등, 축 처진 어깨, 물 먹은 솜처럼 앞뒤로 흔들리는 팔, 종현은 남자의 뒷모습을 바라보며 그렇게 생각했다. 아무튼 환영할 만한 일이 아니라는 건 분명했다.

이제라도 남자가 야외무대로 간다면, 두 시간이든 세 시간이든 객석 맨 앞줄에 앉아 시간을 보낸다면, 물론 너무 많은 우연이 한꺼번에 겹치기는 했지만, 별다른 어려움 없이 하루 일과를 마무리 지을 수 있을 것 같았다. 식물인간처럼 얌전하던데요. 하지만 남자는 그럴 마음이 없는 것 같았다. 야외무대 근처에는 얼씬도 하지 않았다. 전혀 다른 방향으로 걷고 있었다. 잠시 후 남자는 정문을 통과했고, 그때부터 종현은 숫자를 세기 시작했다.

하나, 둘, 셋…….

남자는 곧 사거리에 도착했고, 거기에서 오른쪽으로 방향을 틀었다. 남자가 시야에서 사라지자 종현은 두 가지 이유 때문에 불안했다. 닭 쫓던 개처럼 지붕만 쳐다보게 될지도 몰랐다. 남자가 택시를 잡아탄다면, 확인하기도 전에 건물 안으로 들어간다면, 하다못해 방향이라도 한 번 더 튼다면 일이 복잡하게 꼬일 수도 있었다. 하지만 무엇보다 숫자를 셀 수 없다는 것이 종현을 불안하게 만들었다. 내가 어디까지 셌더라? 일종의 강박관념 같았다. 금을 밟으면 불행이 찾아올 거라고 철석같이 믿는 아이처럼 종현은 안절부절못했다. 발각될지도 모른다는 생각은 이미 머릿속에 없었다. 종현은 보폭을 넓히면서 속도를 냈다. 사거리에 도착하자마자 한숨이 나왔다. 휴-우. 다행히 금을 밟은 것은 아니었다. 더위에 지친 듯한 남자의 뒷모습이 무덤을 찾아가는 코끼리처럼 외롭게 흔들리고 있었다.

3

남자는 말이 없었다. 어쩌면 할 말이 없는지도 몰랐다. 하긴 무슨 말을 한다는 것도 이상했다. 원래 개는 말이 없는 법이니까. 특히나 악마가 기르는 개는.

두병은 다리 위를 걷고 있었다. 한강의 남단과 북단을 연결하는 수많은 대교 중 하나였다. 버스와 트레일러, 승합차 같은 것들이 도로 위를 달리며 매캐한 흙먼지를 일으키고 있었다. 대형 화물 트럭이 지나갈 때는 엄청난 소음과 함께 지면이 흔들리기도 했다.

두병은 약간의 현기증을 느꼈다. 땀을 너무 많이 흘

렸다. 갈증 때문일 수도 있었다. 무엇보다 햇빛이 너무 강했다. 다리 위에는 그늘 한 점 없었다. 고운 모래로 하얗게 뒤덮인 사막 같았다. 입 속에 들어간 흙먼지가 서걱서걱거리며 내며 씹혔고, 발밑에 깔린 그림자는 오래된 몽당연필처럼 뭉뚝하게 깎여 있었다. 햇빛과 열기와 하얗게 말라붙은 시야. 둔기로 뒤통수를 얻어맞은 것처럼 한순간 머리가 띵했다. 자리를 잘못 잡은 세탁기처럼 동공이 흔들렸다. 두병은 굵은 흙먼지와 뜨거운 열기로 뒤덮인 난간을 잡고 그 자리에 잠시 서 있었다. 그리고 기다렸다. 현기증은 일시적인 것일 수도 있었고, 아닐 수도 있었다. 아무튼 쉽게 사라질 것 같지는 않았다. 에어컨을 틀어 놓고 한숨 푹 자고 일어난다면 모를까.

두병은 다시 걸음을 옮겼다. 여전히 머리가 띵하고 눈앞이 흔들렸다. 계속 땀이 흘렀다. 프레스처럼 억센 갈증이 두병의 숨통을 조여왔다. 온몸에 화상을 입은 것 같았다. 눈썹이 타고, 내장이 익고, 살가죽이 녹아내리고……. 두병의 머릿속에는 한 가지 생각뿐이었다. 물. 시원하면 좋겠지만 그런 걸 따질 때가 아니었다. 좀 더러워도 상관없었다. 그리고 그런 물이라면 멀리에서 찾을 필요도 없었다. 몇만 톤이나 되는 물이 두병의 발밑에서 너울거리며, 소용돌이치며, 채찍질을 당한 맹수처럼 으르렁거리며 흐르고 있었다. 두병은 난간에 기대서서 다리 밖으로 몸을 내밀었다. 아찔한 높이에서 내려다본 강물은 위험할 정도로 압도적이었다. 칼끝을 마주보고 서 있는 기분이었다. 시멘트덩어리처럼 무거운 가위에 눌린 것 같기도 했다. 아무튼 한순간도 눈을 뗄 수 없었다. 누군가 대신해준다면 모를까, 물론 시도조차 해보지 못했지만, 고개가 돌아갈 것 같지 않았다. 숨을 깊이 들이쉬세요. 수술대 위에 누워 전신마취를 당한 듯 손가락 하나 꼼짝할 수 없었다. 등 뒤에서 강한 바람이 불었다. 거대한 차체가 빠른 속도로 달리며 덜커덩거렸고, 그와 함께 자갈처럼 굵은 흙먼지가 뿌옇게 밀려왔다. 바람이 두병의 등을 떠밀고 있었다. 마치 악의로 가득 찬 누군가의 손처럼.

몸의 중심이 앞으로 쏠리기 시작했다. 머리의 위치가 커다란 곡선을 그리면서 점점 아래로 떨어졌다. 시야는 온통 강물로 가득했다. 그때 두병은 TV에서 본 재난 방송을 떠올리고 있었다. 무너진 축대, 지붕까지 잠긴 주택들, 징검다리처럼 떠 있는 자동차 루프……. 육중하게 밀려오는 물살이 엄청난 양의 진흙을 실어 나르면서 소용돌이치고 있었다. 한 손을 악어 입 속에 밀어넣는 서커스처럼 위협적인 화면이었다. 피해 상황을 중계하는 기자의 목소리가 간간이 들려왔다. 우비를 입고 있었나? 아니면 우산? 이상하게 잠이 쏟아졌다. 진흙을 뒤집어쓴 냉장고와 깨진 밥그릇, 빗물에 잠긴 옷장 같은 것들이 계속 TV 브라운관에 잡혔지만 그런 건 모두 남의 이야기였다. 너무 멀고 현실감이 없었다. 두병은 장판 밑에서 올라오는 쿰쿰한 곰팡이 냄새를 맡으며 스르르 눈을 감았다. 엄마가 차려 놓고 간 밥상이 색동무늬 식탁보 아래 덮여 있었고, 방 안에 남아 있는 햇빛은 늙은 개의 눈동자만큼이나 탁하고 침침했다. 젖은 옷을 입고 있으면 얼마나 기분 나쁠까?

하지만 강물은 더 이상 영상이 아니었다. 다리 저 밑에서 축축하고 거대한 혓바닥처럼 꿈틀대고 있었다. 악어의 입 속에 손이 아니라 머리를 밀어넣은 기분이었다. 몸의 중심이 시소처럼 다리 밖으로 기울었다. 늘 발

쪽에 앉아 있던 누군가가 갑자기 머리 쪽으로 자리를 옮긴 것 같았다. 이번에도 두병은 스르르 눈을 감았다. TV를 틀어놨다고 생각하면 그만이었다. 하긴 아주 틀린 생각 같지도 않았다. 늘 악몽을 꾸는 것처럼 현실감이 없었으니까.

"당신 미쳤어?"

그때 개가 짖었다. 두병을 향해 으르렁거리고 있었다. 크고 억센 손이 두병의 발목을 잡아챘다. 머리 쪽에 앉아 있던 누군가가 다시 발 쪽으로 자리를 옮겼고, 몸은 더 이상 기울지 않았다. 엘리베이터를 타고 일 층, 이 층, 삼 층, 올라갈 때처럼 시야에 가득했던 강물이 발밑으로 사라지는 느낌이었다. 멀리에서 기어 내려오는 강줄기가 보이고, 올림픽대로였나? 한강북로였나? 빨랫줄처럼 길게 뻗어 있는 도로와 평당 몇천만 원을 호가하는 아파트 단지, 폐품을 주우러 다니는 노파처럼 등이 구부정하게 굽은 산들이 차례로 보이더니, 구름 한 점 없이 쨍한, 그래서 파랗다기보다는 하얀색에 가까운 하늘이 보이고……. 얼굴이 빨갛게 달아오른 남자가 다리 위에 쓰러져 누워 있는 두병을 내려다보며 헉 헉 거친 숨을 몰아쉬고 있었다. 지독한 열기와 불처럼 온몸에 번진 갈증……. 레미콘 세 대가 코뿔소 떼처럼 도로 위를 질주했다.

"죽고 싶어서 환장했냐고!"

또 한 번 개가 짖었다. 얼굴 위로 침이 튀었고, 그와 동시에 무언가를 세게 걷어차는 소리가 들렸다. 까맣게 변한 충치처럼 옆구리가 욱신거렸다. 두병은 몸을 둥글게 말면서 생각했다. 머리가 아니라서 다행이라고……. 웃기는 생각이었다. 방금 한 생각을 떠올리며 평생 자기를 씹어 댈 수도 있을 것 같았다. 이봐, 얼간이.

퍽, 퍽, 같은 곳을 한두 차례 더 걷어차였다. 머리가 아니라서 다행이라는 생각은 하지 않았다. 사실 발길질 자체는 견딜 만했다. 남자는 운동화를 신고 있었고, 걷어찰 때마다 발등을 사용하는 걸 보면 두병에게 치명상을 입힐 생각은 없는 것 같았으니까. 몇 마디 욕설을 내뱉기도 했지만, 그건 아무런 의미 없이 공중에 붕 뜬, 그래서 흥분한 군인이 마구 갈겨 대는 총알과 비슷했다. 잠깐 이유가 궁금하기도 했다. 폭력은 일종의 노동이었다. 누군가를 걷어차기 위해서는 우선 한쪽 발을 들어야 하고, 나머지 발로 중심을 잡아야 했는데, 그건 부자연스럽고 불편한 자세였다. 그 상태에서 발에 힘을 실어 휘둘러야 한다. 목표한 지점을 정확하게 때리기 위해서는 온몸의 근육과 고도의 집중력이 필요하다. 리스크도 적지 않다. 발목을 삐끗하거나 중심을 잃고 넘어질 수도 있다. 게다가 폭력은 불법이다. 제도적인 보복이 뒤따른다……. 두병은 이유를 알 수 없었다. 이해할 수 없는 행동이었다. 하긴 이 자는 놈의 개고, 무슨 짓을 하든 이상할 게 없기는 했지만. 사실 정말 궁금한 것은 그게 아니었다.

두병은 남자의 얼굴을 곁눈질했다. 화가 난 것 같았다. 과열된 다리미 바닥처럼 손 대고 싶지 않은 표정이었다. 왜 화를 내는 거지? 세상은 영상에 불과했다. 화면이 브라운관에 뜨고 스피커에서 소리가 흘러나왔다. 감정이 끼어들 여지 따위는 없었다. 물론 웃을 수는 있었다. 하지만 울거나 화를 내는 건 또 다른 이야기였다. 자동차 몇 대가 빠른 속도로 달려가며 흙먼지를 일으켰다. 신경질적으로 길게 늘어지는 경적소리가 남자와 함께 화를 내고 있는 것 같았다. 두병에게는 이 모든 것들이 비현실적으로 느껴졌다. TV에서 본 재난 방송처럼. 현실은 존재하지 않거나, 다른 어딘가에 존재하거나 둘 중 하나였다. 아무튼 지금 여기에는 없었다. 장판 밑에서 쿰쿰한 곰팡이 냄새가 올라오는 곳, 엄마가 차려놓고 간 밥상이 색동무늬 식탁보 아래 덮여 있는 곳……. 나머지는 어떻게 되든 상관없었다. TV를 틀어놨다고 생각하면 그만이었다.

정확히 1253일 전이었다. 날짜로 따지면 3년 4개월 하고도 19일 전, 그러니까 30072시간이 흐른 셈이었다. 물리적으로 계산하면 그랬다. 하지만 두병이 알고 있는 시간은 그렇지 않았다. 숫자로 환산할 수 없는 어떤 것이었다. 길게 늘어났다가 다시 제자리로 돌아오는 요요 같았다. 아니, 시간은 아예 흐르지 않았다. 끔찍하게 썩어버린 웅덩이처럼 한 곳에 고여서 꼼짝도 하지 않았다. 한 시간도, 어쩌면 일 분도, 아니 단 일 초도 흐르지 않았다고 두병은 생각했다. 그만큼 모든 것이 선명했다.

"아빠 다녀오세요, 해야지."

그날 아내는 물방울 무늬가 들어간 남색 원피스를 입고 있었다. 짧게 커트한 머리카락이 단정했고, 사과향 샴푸 냄새가 코를 간지럽혔다. 아들은 여섯 살이었다. 씻는 걸 싫어했고, 편식이 심했으며, 그즈음 로봇 장난감에 푹 빠져 정신을 차리지 못했지만, 그렇기 때문에 두병은 아들을 사랑했다. 아들은 자주 웃었고 잘 웃었다. 자지러질 듯 까르르대는 웃음소리가 온 집 안을 굴러다녔다. 폭죽처럼 환상적이었다. 그 어떤 요리보다 감미로웠고, 그 어떤 음악보다 달콤했다. 까르르, 최고의 행복을 선사해주는 소리. 그날 두병은 현관문을 나서기 전에 그 웃음소리를 한 번 더 듣고 싶었다. 물론 어떻게 해야 하는지도 알고 있었다.

"으아아아!"

그런데 괴물이 정말 이런 소리를 낼까? 두병이 생각해도 꼴불견이었다. 진짜 괴물은 그러지 않을 것 같았다. 말이 없고, 조용하고, 그래서 더 위험하고……. 하지만 그런 건 중요하지 않았다. 적어도 그때는 그랬다. 아들은 까르르 웃어댔다. 종유석처럼 매달려 있는 목젖과 앞니 두 개가 빠진 치열이 보였다.

"아빠 다녀오세요."

아들은 물을 마시는 참새처럼 까딱 고개를 숙여 인사했다. 머리를 쓰다듬어주고, 뺨에 입을 맞추고, 그런 다음 두병은 아이의 눈을 바라보기 위해 몸을 낮췄다.

"엄마 말씀 잘 듣고 있어라, 아들."

그날은 특별한 날이 아니었다. 세 번뿐인 가족들의 생일은 연초에 몰려 있었고, 아들이 손꼽아 기다리는 크리스마스까지는 못해도 두 달 이상 남아 있었으며, 어린이날까지는…… 까마득했다. 늦가을에서 초겨울로 넘어가는, 훈련소 퇴소식 날 찍은 단체사진처럼 그게 그거 같아 구별이 되지 않는, 어느 평범한 하루에 불과했다. 코리안시리즈의 마지막 경기 일정이 잡혀 있다는 게 특별하다면 특별하달까. 하지만 두병은 그날 하루를 특별하게 만들고 싶었다.

어떤 선물을 사주면 좋을까? 변신로봇? 버튼을 누르면 불빛이 반짝이는 광선검? 진짜보다 더 진짜 같은 장난감 총도 생각해봤지만 그건 너무 위험할뿐더러 아내가 좋아하지 않을 것 같았다. 야구 글러브는 어떨까? 둥근 야구공이 파란 하늘에서 커다란 반원을 그리고,

몇 초 꼴로 한 번씩 글러브에서 퍽퍽 기분 좋은 소리가 나고……. 두병은 아들과 둘이서 캐치볼 하는 장면을 떠올렸다. 아주 오래전부터 꿈꾸어 온 장면이었다. 처음 몸을 뒤집고, 걸음마를 시작하고, 아빠라는 말을 했을 때 그랬던 것처럼.

그 모든 순간들이 특별했다. 아이는 등 뒤에 감춰 둔 것들을 하나씩 끄집어냈고, 그때마다 두병은 깜짝깜짝 놀라면서도 주체할 수 없는 행복을 느꼈다. 그리고 아이의 등 뒤에는 아직 더 많은 것들이 감춰져 있었다. 책가방을 멘 작은 어깨와 빨갛게 여드름이 핀 얼굴, 낚시를 함께 간다면 물 위에 떠 있는 찌를 노려보며 몸을 배배 트는 모습도 볼 수 있을 것이다. 굳게 잠긴 문과 어쩌면 그 문틈 사이로 흘러나오는 울음소리를 듣게 될지도 모른다. 두병은 신부와 나란히 서 있는 아들의 뒷모습을 떠올리기도 했다. 아들과 꼭 닮은 갓난아기를 품에 안으면 어떤 기분일까? 그때도 괴물 흉내를 내면 까르르 웃음소리를 들을 수 있을까……. 캐치볼도 그런 일들 중 하나였다. 야근만 없다면, 회사 근처 스포츠용품점에 적당한 물건이 있다면, 아내는 해가 짧아졌다는 이유로 반대할지도 모르지만, 가까운 공원에 가서 한 두 번쯤 공을 주고받을 수도 있었다. 물론 그때는 변수를 생각하지 못했다. 일상이 얼마나 신경질적이고 변덕스러운지도 몰랐다. 몸을 낮추고 아이의 눈을 바라보던 순간, 모든 시간이 그곳에 고여 썩어 가리라는 것도.

"아빠 금방 갔다 올게."

자기가 내뱉은 말을 떠올릴 때마다 두병은 한 발밖에 남지 않은 총알을 엉뚱한 곳에 낭비한 느낌이었다. 다음날 아침에도 아이의 머리를 쓰다듬을 수 있었다면, 뺨에 입을 맞추며 같은 말을 되풀이할 수 있었다면 모를까, 그때 두병은 다른 말을 해야 했다. 핑계는 많았다. 없으면 만들 수도 있었다. 아니, 한 마디면 충분했다. 오늘은 집 밖에 나가지 마라. 다른 식으로 말할 수도 있었다. 모르는 사람이 말을 시켜도 대답하지 말라고, 도와달라고 소리를 지르거나 무조건 사람이 많은 곳으로 도망치라고. 그랬다면 상황이 달라졌을까? 한 손에 야구장갑을 낀 채 까르르 웃어대는 아들의 모습을 볼 수 있었을까? 하지만 손에 쥐자마자 터져버리는 비눗방울처럼 부질없는 생각들……. 공상에 불과했다. 그럴 수 없다는 걸 두병 자신이 더 잘 알고 있었다. 그래도 후회는 남았다. 만약 그때로 돌아간다면 정말 하고 싶은 말은 따로 있었다. 너를 사랑한다, 아들아.

"너를 사랑한다, 아들아."

그 말을 하는 데 꼭 보름이 걸렸다. 모든 일이 정말 악몽처럼 지나갔다.

점심을 먹고 나서 잠깐 스포츠용품점에 들렀다. 야구 장갑과 야구공을 사고, 혹시 필요할지 몰라 알루미늄 배트도 함께 구입했다.

"그게 다 뭡니까?"

"응. 아들 녀석 선물."

두병은 유명 스포츠업체의 로고가 들어간 쇼핑백을 사무실 책상 밑에 밀어넣고 그날 오후 업무를 시작했다. 탁한 공기와 나른한 분위기. 두 번인가 화장실에 간 것 말고는 자리에서 일어나지 않았다. 오후 세 시 반경, 바지 주머니에 넣어 두었던 휴대전화가 진동했다. 발신자를 확인했다. 아내의 전화였다. 무슨 일이지? 두병은 고개를 갸우뚱거리며 복도로 향했다. 그날 오후 두병이 자리를 비운 횟수는 그렇게 총 세 번이었다. 처음 두 번은 오 분 정도에 불과했다. 하지만 세 번째는 그렇지 못했다. 다시 사무실로 돌아오는 데 한 달 반이나 걸렸다. 야구공과 야구장갑, 알루미늄 배트를 찾아가기 위해서였다.

"여보……. 나 어떡해……."

아내는 말을 잇지 못했다. 겁에 질린 아이처럼 정신없이 울부짖었다. 두병은 한쪽 귀에 휴대전화를 대고 말없이 기다렸다. 손바닥에 땀이 배었다. 차갑게 얼어붙은 피가 혈관 속을 돌아다니고 있었다. 얼마 되지 않는 복도가 오목렌즈를 가져다 댄 것처럼 길게 느껴졌다. 커피자판기와 복도 중간쯤에 놓인 화분, 바닥에 깔려 있는 데코타일과 석고보드를 댄 천장…… 모든 것들이 누군가 잡아 늘린 것처럼 일그러져 보였다. 아내는 계속 울기만 했다. 두병이 할 수 있는 일은 아무것도 없었고, 아내 역시 그런 것 같았다. 오래된 LP판이 튈 때처럼 가끔 단어 몇 개가 들리는 게 다였다. 쇼핑몰……, 카페……, 따뜻한 우유……, 화장실…….

"애가……."

"지금 어디야?"

두병은 도로로 나와 택시를 잡았다. 조수석에 앉자마자 행선지를 댔다. 소심한 사람이 문을 두드릴 때처럼 똑똑똑, 빗방울이 떨어지고 있었다. 가끔씩 와이퍼가 작동했고, 그때마다 삐그덕 소리와 뽀드득 소리가 함께 들렸다. 팔 차선 직선도로가 자를 대고 그은 것처럼 시원하게 뻗어 있었다. 하지만 두병의 눈에는 그렇게 보이지 않았다.

"아이는 무사합니다."

남자의 목소리였다. 정중한 말투에 표준어를 쓰고 있었다. 나이는 짐작할 수 없었다. 변조된 음성이 천식환자처럼 그르렁대면서 몸값을 요구했다.

"이럴 때일수록 마음을 단단히 먹어야……."

경찰은 말을 아꼈다. 할 말이 별로 없는 것 같았다. 최선을 다하고 있다느니, 경찰을 믿고 따라야 한다느니, 같은 말만 되풀이했다. 구체적인 내용은 하나도 없었다.

"경찰에 신고했더군요. 유감입니다."

다섯 번째 통화에서 유괴범은 그렇게 말하고 전화를 끊었다. 단순한 협박일 수도 있었다. 경찰은 그럴 가능성이 크다고 말했고, 두병도 그렇게 믿고 싶었다. 확률로 따지면 구십 퍼센트 이상. 하지만 아내는 십 퍼센트도 안 되는 가능성 때문에 불안해했다. 현실은 언제나 기대를 배반한다고 철석같이 믿는 것 같았다. 아내는 몸에 구멍이 난 사람처럼 죽어가고 있었다. 십 퍼센트만큼의 절망과 공포가 뚫어 놓은 구멍이었다. 그리고 그 구멍은 시간이 갈수록 이십 퍼센트, 삼십 퍼센트…… 점점 넓어졌다. 사십 퍼센트, 오십 퍼센트…… 며칠째 전화가 없었다. 두병의 몸에도 검은 구멍이 생겼고, 칠십 퍼센트, 팔십 퍼센트…… 모든 것을 집어삼키는 블랙홀처럼 덩치를 부풀렸다. 그리고 악몽이 보름째 계속되던 어느 날 두병은 한 통의 전화를 받았다. 얼굴을 볼 때마다 식사는 하셨냐고 물어보던 형사였다.

"아드님을 찾았습니다……."

박 형사였던가. 발인 날 아침 장지로 향하는 문상객의 구겨진 양복처럼 지치고 우울한 목소리였다. 혀가 움직이지 않았다. 아니, 입 안에 아무것도 없는 것처럼 허전했다. 죽은 사람의 심장에 귀를 갖다대고 있는 느낌이었다. 아무 소리도 들리지 않았고, 손에 든 휴대전화는 깜짝 놀랄 만큼 차가웠다. 그렇게 아주 긴 시간이 흘렀다……. 흐른 것 같았다. 박 형사의 목소리는 작고 가늘고 흐릿했다.

"……죄송합니다."

아들은 16번 보관함에 누워 있었다. 박 형사가 흰 천을 걷자 표정을 찾아볼 수 없는, 무섭도록 낯선 아들의 얼굴이 보였다. 백지처럼 하얗고, 여기저기에 상처 자국이 남아 있는 얼굴이었다. 날카로운 비명 소리가 총성을 연상시키며 메아리쳤다. 아내는 커튼이 흘러내릴 때처럼 쓰러졌고, 정말 커튼이 흘러내릴 때처럼 시야에서 사라졌다. 박 형사는 입을 다문 채 머리를 숙이고 있었다. 너무 조용했다. 아무 소리도 들리지 않았다. 양쪽 달팽이관을 모두 들어낸 것처럼.

"너를 사랑한다, 아들아."

보름 동안의 일은 하나도 기억나지 않았다. 적어도 그때는 그랬다. 두병은 아들의 머리를 쓰다듬은 다음 뺨에 입을 맞췄다. 까르르, 아들은 웃지 않았다. 괴물 흉내를 내도 웃을 것 같지 않았다. 그러기에는 너무 하얗고 차가웠다. 이미 지나간 것들이 유령처럼 매달려 두병을 괴롭혔다. 눈앞에서 사라진 것들도 그랬다. 책가방을 멘 작은 어깨와 빨갛게 여드름이 핀 얼굴…… 신부와 나란히 서 있는 아들의 뒷모습도. 두병은 몇 번이나 같은 말을 되풀이했다. 할 말이 그것밖에 없었고, 하고 싶은 말도 그것뿐이었다. 너를 사랑한다, 아들아. 너를 사랑한다…….

아내는 시체 같았다. 아들 곁에, 15번 보관함이나 17번 보관함에 누워 있는 것처럼 표정이 없었다. 그건 두병도 마찬가지였다. 둘은 눈을 마주치지 않았다. 꼭 필요한 말이 아니면 입을 열지 않았는데, 둘 중 누구도 꼭 필요한 말이 뭔지 모르는 것 같았다. 아내는 안방에서 텔레비전을 봤고, 두병은 거실에서 휴대폰을 만지작거렸다. 생활의 냄새는 나지 않았다. 오래된 술 냄새와 싱크대에서 올라오는 하수구 냄새, 무엇보다 절망이 풍기는 냄새가 코를 찔렀다. 두병은 숨이 막혔고, 그건 아내 역시 마찬가지였다.

하지만 세상은 그대로였다. 거짓말 같았다. 계량기가 돌고, 공과금이 나왔다. 연말의 거리는 두 배쯤 화려해진 뒤, 금세 다시 두 배쯤 초라해졌다. 사람들은 선물을 주고받고 술잔을 나누며 모였다 흩어졌지만, 늘 그렇듯 한 해 분의 후회는 고스란히 남아 있었다. 그렇게 해가 바뀌었다. 여전히 계량기가 돌고 공과금이 나왔다. 믿을 수 없었지만, 세상은 그대로인 것 같았다.

"기운 좀 내. 이러다가 자네까지 어떻게 되겠어."

사무실도 변한 게 없었다. 탁한 공기와 나른한 분위기. 오 분쯤, 잠깐 화장실에 갔다 온 느낌이었다. 손때 묻은 책상이 말 잘 듣는 개처럼 같은 자리에서 기다리고 있었다. 컴퓨터가 꺼져 있을 뿐 다른 건 그대로였다. 두병은 준비해 온 쓰레기봉투에 자기 물건들을 쓸어 담았다. 볼펜이 한 다스쯤 나왔고, 포스트잇과 화이트, 클립 같은 것들도 제법 됐다. 하지만 10리터짜리 쓰레기봉투는 반도 차지 않았다. 얼마나 더 일을 계속하면 쓰레기봉투가 가득 찰까? 두병은 책상을 정리하면서 잠깐 엉뚱한 생각을 했다.

"앞으로 어떻게 할 거야?"

계획 같은 건 없었다. 무엇을 계획할 자신도 없었다. 다가올 시간을 생각한다는 건 지나간 시간을 떠올리는 것만큼이나 괴로운 일이었다. 두병은 아무 말 없이 사무실을 나왔다. 잠깐 화장실에 들러 소변을 보고, 거품을 내 손을 씻고, 찬물로 세수를 한 뒤, 그 모든 걸 합친 시간만큼 멍하니 거울 앞에 서 있었다. 낯설고 딱딱한, 눈을 뜨고 죽은 고양이처럼 보는 사람을 불편하게 만드는 얼굴이 그 속에 있었다. 전혀 다른 사람의 얼굴 같았다. 당신 누구야? 말을 걸면 대답할 것 같았다. 맞춰 봐. 아무튼 예전에 알고 있던 얼굴이 아니라는 건 확실했다. 안구 뒤편이 벌에 쏘인 듯 따끔거렸다. 두병은 쓰레기봉투를 버리고 화장실에서 나가기 전, 겁에 질린 아이처럼 뒤를 돌아봤다. 퀭한 눈빛이라든지, 고름처럼 입가에 흐르는 미소라든지, 누군가를 본 것 같았지만 괜한 짓이었다. 거울 속에는 아무도 없었다. 뒷덜미를 오싹하게 만드는 존재는, 대부분 그렇지만, 두병의 내부에 도사리고 있었다. 그리고 그건 거울에 비치지 않았다. 두병은 한 손에 쇼핑백을 들고 회사 건물을 등졌다. 야구공과 야구장갑과 알루미늄 배트……. 두병의 물건이 아니었다. 함부로 버리면 안 될 것 같았다.

그날 두병은 자정 무렵 집에 들어갔다. 아들의 물건을 손에 들고 냉동실처럼 차갑게 얼어붙은 거리를 걷다가 극장에 들어갔고, 액션 영화와 코미디 영화를 각각 한 편씩 본 뒤에 집 근처 포장마차에서 술을 마셨다. 거실은 나올 때도 그랬지만, 여전히 뚜껑에 덮인 관처럼 조용했다. 달라진 점이 있다면 두 가지 정도였는데, 우선 먹지를 입힌 듯한 어둠이 그랬다. 두병은 벽을 더듬어 형광등 스위치를 올렸다. 하지만 그래도 뭔가 달랐다. 평소보다 두 배쯤, 어쩌면 세 배쯤 조용했다. 두병은 말없이 서서 귀를 기울였다. 텔레비전 소리가 들리지 않았다. 더러운 양말이 지독하게 초라한 냄새를 풍기고 있었다.

두병의 몸은 걸을 때마다 휘청거리고 주춤댔다. 몇 발짝 안 되는 거리가 비행기라도 타야 할 것처럼 까마득하게 느껴졌다. 두병은 조심스럽게 안방 문손잡이를 돌렸다. 문은 잠겨 있지 않았다. 삐그덕, 하품을 할 때처럼 태연한 소리를 내면서 아주 천천히 열렸다.

아내는 바닥에서 10센티미터쯤 공중에 매달려 있었다. 정확하게 말하면 아내의 발이 그랬다. 텔레비전 불빛이 아내의 얼굴에서 깜빡거렸다. 소리는 없고 화면만 나왔다. 홈쇼핑 채널이었다. 자반고등어를 팔고 있었다. 붕어처럼 입을 뻐끔거리는 쇼호스트, '마감임박'이 라는 문구가 화면 상단에 도장처럼 찍히고, 머리를 자르고, 뼈를 발라내고, 내장을 제거한 뒤 깨끗하게 진공 포장한 고등어들……. 아내의 목에는 어디서나 쉽게 구입할 수 있는 나일론 빨랫줄이 감겨 있었다. 발버둥친 흔적은 없었다. 장롱 문에 등을 기댄 채 팔다리를 축 늘어트리고 있었다. 젖은 옷을 못에 걸어 놓은 것처럼.

두병은 조용히 문을 닫았다. 텔레비전은 그대로 두는 게 좋을 것 같았다. 아무것도 건드리고 싶지 않았다. 아니, 손댈 만한 용기가 없었다. 일단 만지고 나면 돌이킬 수 없다고 생각했다. 텔레비전이든, 빨랫줄이든, 장롱 문에 매달려 있는 아내의 몸이든, 그게 뭐든 건드리는 순간 현실이 될 것 같았다. 두병에게는 손으로 만질 수 있는 걸 악몽이나 영상이라고 우길 만한 자신이 없었다. 대신 두병은 거실 소파에 앉아 술을 마셨다. 눈물은 나오지 않았다. 눈물로 흘려보낼 만한 감정 자체가 없었으니까. 두병은 가면 같은 얼굴로 안방 문을 바라보며 생각했다. 저건 악몽이라고, 언제든지 채널을 바꿀 수 있는 TV 속 영상이라고.

"제가 도와드릴 만한 일이 있으면 언제든지 연락하십시오."

제복 차림의 직원은 아내를 화장하는 데 네 시간 정도 걸린다고 했다. 두병은 사람들 틈에 끼어 앉아 설렁탕을 먹었다. 깍두기를 씹고, 동치미 국물을 마셨다. 그런 다음 화장실 변기에 머리를 박고 설렁탕과 깍두기와 동치미 국물을 토해냈다. 쨍한 하늘을 보고 있으면 며칠째 기승을 부리고 있는 한파가 거짓말 같았다.

"뭐라 드릴 말씀이 없네요."

두병은 대기실에 앉아 텔레비전을 보고 있었다. 두께가 얇고 화질이 좋은 신제품이었는데, 두병도 몇 번 TV광고에서 본 적이 있는 모델이었다. 슬림한 두께와 믿을 수 없는 화질을 직접 경험하세요. 마침 그 광고가 나오고 있었다. 액자 속의 액자처럼, 거울에 비친 거울처럼 기이했다. 모든 게 현실 같지 않았다. 어디에도 현실은 없는 것 같았다. 아직 아무것도 만지지 않았으니까.

오른쪽 옆자리가 비어 있었다. 검은 양복의 남자가 그 자리에 엉덩이를 대며 자판기 커피를 내밀었다. 정중하지만 투박한 손길, 박 형사였다. 둘은 한동안 말없이 앉아 커피를 마셨다. 한쪽에서는 찬송가를 부르고, 다른 한쪽에서는 목탁을 두드렸지만, 종교와 상관없이 살아남은 사람들은 울고 통곡하고 오열하고……. 드라마가 막장이어도 그곳에 일상적인 물건은 텔레비전뿐이라 일상과 통속이 필요한 사람들의 시선은 텔레비전 화면에 못 박힌 듯 고정돼 있었다. 오 분쯤 후에 종이컵이 비자, 박 형사가 먼저 입을 열었다. 배차시간에 쫓기는 버스기사처럼 불편한 목소리였다.

"저 주십시오."

박 형사가 빈 컵을 가져가고, 대신 명함 한 장을 내밀었다.

"그리고 이건……."

이름과 전화번호가 들어간 두 줄짜리 명함이었다. 사람이든 명함이든 말수가 적을수록 표정이 강렬해지는 것 같았다. 몸에 향냄새가 배기도 전에 박 형사는 자리를 떴다. 일이 있어서 가봐야 한다고 했다. 두병에게도 일이 있었다. 몸이 힘들거나 돈이 되는 일은 아니었다. 하지만 그 어떤 일보다 힘들고 고된 일……. 두병은 보고 듣고 느끼고 냄새 맡고 맛보면서 그 모든 것들을 견

뎌야 했다.

두병은 계속 거실에서 지냈다. 안방에는 들어갈 수 없었다. 아이 방의 방문은 왜 그랬는지 반쯤 열려 있었는데, 어느 바람 부는 날 쾅하고 닫혔고, 그 후로는 두 번 다시 열리지 않았다. 어쩌면 신이 있을지도 모른다는 생각을 어렴풋하게 했다. 모든 것을 앗아갈 만큼 잔인하지만, 때로는 슬쩍 아들의 방문을 밀어주기도 하는, 그런 신이 어딘가에 분명 있을 것 같았다. 잠깐 감사하고, 많이 원망했다. 그런 다음 두병은 신을 잊었다.

아무튼 들어갈 수 없는 곳이 너무 많았다. 지은 지 삼십 년쯤 된 이십오 평짜리 서민형 아파트는 햇빛에 잘 말린, 수분이 날아가면서 부피가 줄어들고 육질이 딱딱해진 건어물처럼 바싹 쭈그러들었다. 남은 건 거실과 베란다 정도였다. 부엌과 화장실도 이용할 수 있었다. 두병은 가끔 라면을 끓여 먹었고, 매일 술을 마셨는데, 때로는 베란다에 서서 창밖을 바라보기도 했다. 생활에는 큰 불편이 없었다. 발밑에서 굴러다니는 술병들, 통조림 깡통에 남아 있는 참치와 번데기, 유리조각처럼 깔려 있는 라면 부스러기, 오 분의 일쯤, 양념 때문에 끝만 빨갛게 변한 나무젓가락들, 그리고 이 모든 것들이 합쳐진 냄새와 감촉……. 그런 것들을 생활이라고 부를 수 있다면 그랬다.

몇 통쯤 전화가 걸려왔고, 가끔씩 외출을 하기도 했지만, 두병은 대부분의 시간을 거실에서 보냈다. 벽에 깊이 박힌 채 대가리만 내밀고 있는 못처럼, 곰팡이가 필 때까지 냉장고에 넣어두고 까맣게 잊어버린 고깃덩어리처럼……. 아무튼 녹이 쓸거나 썩어가는 것 같았고, 그렇다는 사실을 두병 자신이 누구보다 잘 알고 있었다.

생활에는 큰 불편이 없었지만, 두병에게는 생활이랄 게 없었다. 아무것도 만지면 안 된다는 강박과 그걸 어기면 끔찍한 영상이 화면 밖으로 튀어나올지도 모른다는 공포뿐이었다. 아내는 아직 안방에 누워 텔레비전을 보고 있었고, 아들은 자기 방에 앉아 변신로봇을 만지작거리고 있었다. 두병은 그들을 방해하고 싶지 않았는데, 그래서 점점 몸피를 줄여나갔다. 무릎을 끌어안고 소파 밑에 앉아, 몸을 웅크리고, 웅크리고, 웅크리고……. 그러다 두병이 사라질 때쯤, 아내와 아들은 문

밖으로 나와 돌아다녔다. 아주 짧은 순간 그랬다. 혀끝에서 사라지는 단맛처럼.

계량기가 돌고, 세 번쯤 공과금이 나왔다. 하는 일도 없이 몸이 피곤했다. 의식적이든 아니든 살이 빠지고 몸무게가 줄었다. 시체처럼 머리카락과 손톱만 계속 자랐다. 하루 종일 손이 떨렸고, 아침에 일어날 때마다 갈증에 시달렸지만, 술을 마시지 않으면 잠이 오지 않았다. 두병은 매일 꼭지가 돌고 필름이 끊길 때까지 마셨다. 어떻게 되든 상관없다고 생각했다. 그냥 자고 싶었고, 계속 자고 싶었고, 다시는 깨고 싶지 않았다. 두병은 한 달에 한 번씩 술병을 내다버렸다.

숙취와 갈증에 시달리다 눈을 뜬 어느 날, 두병은 끌칼로 두개골 안쪽을 후벼파는 듯한 두통을 느끼며 자리에서 일어났는데, 그건 절대 드문 일도 새삼스러운 일도 아니었다. 두병은 두통약 세 알을 입 안에 털어넣고, 싱크대 밸브를 틀어 벌컥벌컥 수돗물을 들이켰다. 자꾸 이상한 장면이 떠올랐다. 어두운 골목, 전봇대 꼭대기에 매달린 가로등 불빛이 동그랗게 바닥을 비추고, 쓰레기봉투를 뒤지는 길고양이 몇 마리와 음모를 꾸미는 사람들처럼 한쪽에 모여 등을 보이고 서 있는 폐가 구 몇 점……. 시야가 계속 좌우로 흔들리면서, 불안정하지만 확실하게 한 걸음 한 걸음 전진하고 있었다. 시사고발 프로그램이 보여주는 앵글 같았다. 어떤 부분은 흐릿했고, 어떤 부분은 선명했다. 노인의 발뒤꿈치만큼이나 낡고 해진 집들이 길 양옆에 늘어서 있었는데, 죽은 해파리처럼 축 늘어진 만(卍)자 기가 그 중 한 곳에 걸려 있었다. 바람은 불지 않았다. 발밑에서 시궁창 냄새와 지린내, 들쩍지근한 토사물 냄새가 올라왔고, 입으로 내쉬는 거친 숨소리가 집요하게 이어졌다. 어딘지는 정확하지 않았지만 일이 있어서 들렀든, 그냥 지나쳤든 한 번쯤 본 적이 있는 골목이었다. 한순간 앵글이 오른쪽으로 방향을 틀었다. 버려진 갱도만큼이나 어둡고 깊은 골목. 시야는 다시 한 걸음 두 걸음 좌우로 흔들렸고, 그러다 전원을 끈 것처럼 갑자기 나가버렸다.

묘한 꿈이었다. 사실상 두병은 이틀에 한 번꼴로 악몽에 시달렸는데, 그 내용은 언제나 둘 중 하나였다. 안방 문이 열리거나, 정중하지만 투박한 손이 흰 천을 걷어내거나 하는 끔찍한 꿈이었다. 장롱 문에 매달린 아내의 얼굴은 텔레비전 불빛에 번들거렸고, 16번 보관함에 누워 있는 아들은 여전히 무섭도록 낯선 표정을 짓고 있었다. 그때마다 두병은 몇 번 신음소리를 내다, 때로는 소파 밑으로 굴러떨어지기도 하면서, 기상나팔처럼 불쑥 들려오는 자신의 비명 소리에 놀라 눈을 뜨곤 했다. 땀에 젖은 내의가 축축한 습자지처럼 몸에 달라붙어 있었는데, 그건 절대 드물거나 새삼스러운 일이 아니었다. 하지만 그 꿈은 달랐다. 악몽이라고 하기에는, 대형마트 시식 코너에서 자기 차례를 기다리는 중년 남자의 뒷모습처럼 너무 밋밋하고 시시했다. 소름 끼칠 정도로 생생하다는 점만 빼면 그랬다. 한 번쯤은 그런 꿈을 꿀 수도 있다고 생각했다. 그렇게 나쁜 편도 아니었다. 엄밀히 말하면 그건 악몽이 아니었고, 엄밀하게 말하지 않는다 해도 아내나 아들이 나오는 꿈보다는 나았으니까. 하지만 몇 번 비슷한 꿈을 꾸고 난 뒤에는 그렇게 생각할 수 없었다.

한두 번 장소가 겹치기도 했지만, 그건 처음 한두 번뿐이었다. 어디선가 본 듯한 곳도 그때가 유일했다. 흔들리는 앵글과 입으로 내쉬는 거친 숨소리……. 항공

장애등이 반짝이는 고층건물들은 겨울 이불처럼 두꺼운 어둠에 덮여 있었고, 산책길을 따라 흐르는 개천에는 크고 하얀 물새 한 마리가 버려진 박제처럼 꼼짝도 하지 않고 서 있었다. 공원은 대개 조금씩 달랐지만 거의 비슷했다. 어디나 거기가 거기 같았는데, 가끔씩 운동하는 사람들이 보이고, 벤치에 모여서 담배 연기를 내뿜는 아이들, 내성적인 술주정뱅이가 어딘가에 숨어서 노래를 부르기도 했다.

앵글은 계속 불안하게 흔들렸고, 마이크로 확성한 듯 과장된 숨소리도 여전했다. 전조등 불빛이 지나가고 난 뒤에는 한동안 정말 아무것도 보이지 않았다. 어떤 골목에서는 사타구니처럼 은밀한 냄새가 났고, 어떤 골목에서는 고양이 몇 마리가 아기 울음소리를 흉내내며 신경을 긁어댔다.

하루에 한 컷씩, 리모컨을 들고 채널을 돌릴 때처럼 그런 장면들이 지나갔다. 그곳이 어딘지, 거기에서 뭘 하는지, 확실한 것은 아무것도 없었다. 한 달 가까이 매일 그랬다. 그러니까 비슷한 꿈을 대략 서른 번쯤 꾸고 난 어느 날이었다. 두병은 눈을 뜬 후에도 계속 소파에 누워 천장을 바라보고 있었는데, 꿈에서 본 것들이 너무 생생해서 그랬고, 대단한 건 아니지만 바지 주머니에서 나온 어떤 물건 때문에 그랬다.

술집들은 하나같이 낡고 초라했다. 이 차선 도로를 사이에 두고 말라비틀어진 옥수수 알갱이처럼 다닥다닥 몸을 붙이고 있었다. 더러운 길바닥에는 토사물과 담배꽁초가 널려 있었는데, 그것들이 풍기는 엄청난 냄새가 땅속 깊이 박힌 돌멩이처럼 발에 걸리는 것 같았고, 벽 앞에 서서 방광을 비우는 남자의 뒷모습은 묵념이라도 하는 것처럼 경건해 보였다. '황진이', '들장미', '연예인' 같은 간판들을 지나, 앵글은 계속 좌우로 흔들리면서 전진하고 있었다. 경광등을 켠 순찰차 한 대가 점포 앞 도로를 천천히 통과해 사라졌다. 그리고 누군가의 목소리가 들려왔다.

"거기, 잘생긴 오빠."

모래알처럼 서걱거리면서도 어딘지 모르게 부드러운, 물론 다년간의 흡연 경력 때문이겠지만, 취향에 따라서는 멋지게 들릴 수도 있는 허스키한 목소리였다. 여자는 검은 망사 스타킹에 핫팬츠 차림이었다. 왼쪽 가슴에 성조기 마크가 박힌 군청색 비닐 점퍼를 망토나 숄처럼 어깨 위에 걸치고 있었다. 화려하게 꾸미면 꾸밀수록 더욱 초라해지는, 여기저기 칠이 벗겨진 마네킹처럼 보는 사람을 불편하게 쪽문 앞에 앉아 다리를 꼬고 있던 여자가 이번에는 좀 더 적극적인 목소리로 입을 열었다.

"잘해줄 테니까 놀다 가."

그와 동시에 앵글이 움직였다. 각도를 높이면서 서서히 위로 올라갔다. 어둠과 섞인, 그래서 빨간색 위에 검정 크레파스를 덧칠한 듯한 아크릴 간판이 보였다. 상호는 외떡잎식물강에 속하는 '수선화'였다. 비록 쌍떡잎식물강에 속하는 장미 한 송이가 엉뚱한 자리에 그려져 있기는 했지만.

두병은 일회용 라이터를 만지작거리며 소파에 누워 있었다. 업소에서 홍보용으로 주문한 라이터 같았다. 점화장치 밑까지 가스가 꽉 찬 새것이었고, 전체적인 색깔은 분홍에 가까웠다. 시중에서 판매하는 라이터보다 크기가 작다는 점뿐, 사실 그건 카운터 바구니에서 아무나 집어갈 수 있는 흔한 물건이었다. 하지만 두병에게는 그렇지 못했다. 두 가지 점에서 그랬다. 라이터 전면에 인쇄된 장미 그림과 '수선화'라는 술집 상호. 라이터는 손가락을 움직일 때마다 달그락거렸다. 현실을 물어뜯는 작고 날카로운 이빨 같았다.

다음날 두병은 눈을 뜨자마자 주머니 속을 뒤졌다. 바짓단에 실밥이 튀어나온 파란색 추리닝 바지를 입고 있었다. 상의는 흰색 바탕에 제조업체의 로고가 들어간 티셔츠였다. 오른쪽 바지 주머니에서는 아무것도 나오지 않았다. 왼쪽도 마찬가지였다. 마음먹고 대청소를 한 것처럼 깨끗했다. 계속해서 두병은 옷을 살폈다. 찢어진 데는 없는 것 같았다. 이물질도 묻어 있지 않았다. 그런 다음 두병은 티셔츠를 끌어올려 냄새를 맡았다. 술 냄새와 땀 냄새가 코를 찔렀다. 화석처럼 오래된 향수 냄새도 희미하게 남아 있었다. 아내가 선물해준 샤넬 블루였다. 기억도 나지 않는 두 살이나 세 살 때의 이야기처럼 낯설고 아련한 냄새. 거기에 불현듯 희미하지만 오래되지 않은 어떤 냄새가 끼어들었다. 두병은 계속 코를 킁킁댔다. 그것은 비릿한 흙냄새였고, 싸한 송진 냄새였으며, 옷에 배면서 눅눅해진 나무 냄새였다.

그날따라 앵글은 심하게 흔들렸다. 불빛은 없었다. 캄캄한 야산에는 나무와 바위뿐이었고, 가끔씩 산비둘기 울음소리가 멀리에서 들려왔다. 잡초 사이로 좁은 길이 보였는데, 그곳만 황량하게 흙이 드러나 있었고, 죽은 자들이 득실대는, 이를테면 공동묘지 같은 곳으로 이어져 있는 것 같았다. 등 뒤에서는 계속 허기진 것들이 기웃거렸고…….

……셀로판지 같은 것이 등 뒤에서 바스락거렸다. 두병은 티셔츠 밑단을 잡고 옷을 털었다. 살비듬 같은 부스러기와 함께 갈색 나뭇잎 한 장이 소파에 떨어졌다. 바싹 마른 활엽수 잎이었고, 잘은 모르지만 밤나무 잎이나 도토리나무 잎 같았다. 두병은 그 잎을 만지작거리며 곰곰이 생각했다. 집 주변에는 야산이 없었다. 그나마 지하철로 아홉 정거장인가 열 정거장 거리에 있는 야산이 가장 가까웠다. 거기에 왜 갔는지는 궁금하지 않았다. 손이 닿지 않아 긁을 수 없는 곳이라면 가렵다는 느낌 자체를 무시해버리는 것도 하나의 방법이었다. 그래서 두병은 그렇게 했다. 대신 어떻게 거기까지 갔는지는 궁금했다. 택시를 타고 갔을까? 아니면 도보로?

그랬다면 그건 기록이었다. 왕복 거리가 못해도 20킬로미터 이상이었으니까.

"몽유병 증상이군요."

정신과 의사의 진단은 간단하면서도 명료했다. 하지만 별 도움은 되지 못했다. 근본적인 치료가 불가능하다는 말을 몇 번인가 되풀이했는데, 그때마다 자기 집 쓰레기를 몰래 내다버리는 사람처럼 조심스러운 표정을 지었다. 술과 정신적인 스트레스가 원인이라고 했다. 원인을 제거하면 증상도 자연스럽게 사라진다는, 의대 졸업장을 잘 보이는 벽에 걸어 두지 않아도 누구나 할 수 있는 뻔한 말과 함께.

"수면 중 보행은 가장 일반적인 증상입니다. 말을 하거나 옷을 갈아입거나, 화장실에 가기도 하죠. 경우에 따라서는 운전을 하기도 하는데……."

그렇기 때문에 굉장히 위험할 수도 있다고 했다. 근본적인 치료가 불가능하다는 말을 한 번 더 반복한 뒤, 의사는 안전한 생활환경이 무엇보다 중요하다는 말을 덧붙였다. 창문과 방문은 잠그고, 발에 밟힐 만한 잡동사니나 깨지기 쉬운 물건은 치우는 게 좋다고 했다. 침대보다는 방바닥에서 자는 게 낙상의 위험을 줄일 수 있고, 잠자리 곁에 날카로운 물건을 두지 말고…….

"두꺼운 커튼을 치는 것도 도움이 될 겁니다. 아무튼 근본적인 치료가 불가능하니까요."

의사는 차트를 넘기기 시작했고, 엉거주춤 자리에서 일어난 두병은 말없이 진료실을 나왔다. 처방전은 없었다. 주사를 맞지도 않았다. 두병은 카드로 진료비를 계산했다. 말 몇 마디에 진료비가 너무 비쌌다. 게다가 쓸 만한 말도 별로 없었다. 잡동사니를 잔뜩 들고 나와 꼭두새벽부터 벼룩시장에 앉아 있는 노인네 같았다. 물론 다 그런 건 아니었다. 적어도 한 가지 사실만은 정확하게 진단한 것 같았고, 그 말을 대여섯 번 이상 되풀이했으니까. 근본적인 치료는 불가능합니다.

물건의 위치가 바뀌기 시작했다. 식탁 위에 놓아둔 물컵이 10센티미터쯤 자리를 옮긴다든지, 오른쪽 주머니에 넣어 둔 휴대전화가 왼쪽 주머니에서 나온다든지 하는 식으로……. 그런 변화들은 눈에 띄지 않을 만큼 사소했고, 쉽게 눈치챌 수 없을 만큼 은밀했다. 두 칸쯤 옆에 꽂혀 있는 책과 누군가 손댄 것처럼 살짝 어긋난 라디오 주파수, 액자가 틀어지면서 하얗게 드러난 벽지 같은 것들이 그랬는데, 그런 것들은 숨은그림찾기처럼 집 안 곳곳에 교묘하게 숨어 있었고, 설령 찾는다 해도 호미인지 삽인지 딱 부러지게 말하기 힘들 정도로 불분명했다. 물건보다는 기억을 의심하는 게 쉽고 편했다.

하지만 못 보던 책이 책장에 꽂혀 있거나, 라디오 주파수가 가요채널 대신 클래식 채널에 맞춰져 있다면, 어느 날 갑자기 뭉크가 걸려 있던 자리에서 샤갈을 보게 된다면 좀 다른 식으로 생각해볼 필요가 있었다. 누군가 한 명 더 있다고.

놈은 두병이 잠든 사이에 돌아다녔고, 슬리퍼나 가구 같은 것들을 갉아대는 쥐처럼 집 안 여기저기에 흔적을 남겼다. 그리고 그것들은 굉장히 수다스러웠다. 묻지 않은 것까지, 물론 알아두어야 하는 것들도 포함해서, 무슨 말을 할 때마다 습관적으로 전단지에 동그라미를 치는 보험설계사처럼 꼬치꼬치 설명했다. 여기를 보시면 아시겠지만…….

두병은 사기 찻잔을 꺼낸 기억이 없었다. 그것은 꽂

무늬가 들어간 접대용 고급 찻잔이었는데, 아내의 혼수품 중 하나였고, 같은 무늬의 찻잔 받침과 함께 식기 건조대 위에 놓여 있었다. 두병은 오랫동안 쓰지 않은 핸드밀을 꺼냈다. 깔때기 아래쪽에 원두 찌꺼기가 남아 있었다. 놈은 커피를 즐기는 것 같았다. 그것도 좀 번거롭지만 굉장히 우아하게. 프림과 설탕은 넣지 않는 것 같았다. 여과지에 내린 진한 드립커피. 두병과는 확실히 다른 취향이었다.

“당신 옷 몇 벌 샀는데, 마음에 들지 모르겠네.”

아내는 자신의 취향을 강요하는 편이었는데 특히 옷을 고를 때 그랬다. 선이 부드럽고 디자인은 예쁜데, 뭐랄까, 몸에 착 달라붙는 느낌이 없는 옷들. 그래서 몇 번 입지도 못하고 옷장 속 어딘가에 걸어둔 옷, 놈은 그런 옷들을 꺼내 입었다. 자신과는 전혀 다른 사람 같았다. 우연히 사진 속에 찍힌 누군가의 옆모습처럼 생소했다. 빨래 건조대에 널려 있는 카디건이나, 주름 하나 없이 다림질한 재킷을 볼 때마다 두병은 동전의 앞면과 뒷면을 떠올렸다. 한 번도 들여다본 적 없는 등 뒤에서 정체를 알 수 없는 무언가가 꿈틀대고 있었다. 두병인 동시에 두병과 다른 어떤 것. 하지만 그게 뭐든 두병이 아니라는 것만은 확실했다.

그밖에도 흔적은 많았다. 못 보던 구두가 신발장에 놓여 있거나, 스킨과 로션이 눈에 띄게 줄고, 몸에서는 항상 진한 향수냄새가 나거나 했다. 어느 날 눈을 뜨니 헤어스타일이 변해 있었다. 옅은 브라운 톤으로 염색한 댄디컷 머리. 두병은 한동안 화장실 거울 앞에 서 있었다. 당장 출근하지 않아도 된다는 게 무슨 횡재처럼 느껴졌다. 대체 이런 머리를 하고 어딜 돌아다니는 것일까? 단편적인 장면만으로는 짐작도 할 수 없었다. 거울에 비친 자신의 모습이 나이 든 삐끼처럼 낯설기만 했다. 하지만 나쁘지 않았다. 반곱슬머리를 대충 손가락으로 쓸어 넘긴 것보다 훨씬 나아 보였으니까.

손톱과 발톱은 늘 단정하게 손질된 상태였다. 손톱깎이로 적당히 자른 다음 줄칼을 사용해 모양을 낸 것 같았다. 어쩌면 네일숍 같은 곳에 다니며 관리를 받는지도 몰랐다.

두병은 더 이상 한 달에 한 번씩 술병을 내다버리지 않았다. 정확히 말하면 그럴 필요가 없었다. 두병이 움직이지 않아도 거실은 깨끗했다. 바닥에는 먼지 하나 없었고, 물건들은 언제나 제자리에 놓여 있었다. 무슨 마법 같았다. 진공청소기가 노래를 부르면서 돌고, 입이 댓 발 나온 총채가 계속 뭐라 구시렁대며 먼지를 털고, 물건들은 반짝이를 뿌리면서 자기 자리를 찾아가고……. 그게 아니라면……. 아무튼 나쁠 건 없다고 생각했다. 아니, 그 이상이었다. 놈의 정체가 뭐든, 물론 취향이 좀 까다롭긴 하지만, 깨끗하게 정리된 거실을 보면 기분이 좋았다. 반짝거리는 싱크대와 가지런히 걸려 있는 수건, 화장실에서는 언제나 약간의 락스 냄새와 그보다 진한 방향제 냄새가 났다. 일 등은 아니지만 오 등이나 육 등쯤 되는 복권에 당첨된 기분이었다. 아무튼 꽝보다는 나았다.

처음에는 그랬다. 졸업식 날 학생 대표로 단상에 올라갈 정도는 아니지만, 놈은 늘 엄마 말 잘 듣는 아이처럼 얌전하게 굴었다. 물론 밤마다 허파에 바람이 든 것처럼 돌아다녔고, 가끔은 댄디컷에 브라운 톤 염색을 한다든지, 이상한 짓을 하기도 했지만, 적어도 사고를 친 적은 없었다. 두병에게 놈은 착하고 깔끔한 동거인 정도였다. 밤에 뭘 하든 그건 놈의 사생활이었다. 잔소리만 하지 않는다면, 문제만 일으키지 않는다면 상관하고 싶지 않았다. 그리고 실제로 놈은 그랬다. 한 집에 살면서 불편하지 않을 만큼 적당한 거리를 유지하는 생활, 그것은 결혼생활과도 비슷했다. 이불 속에서 뀌는 방귀 냄새에 무뎌지고, 사용한 흔적이 고스란히 남아 있는 변기에 둔해지는 것처럼 두병도 점점 놈과의 생활에 익숙해졌다. 단물이 쪽 빠진 껌처럼 밍밍하지만, 그렇다고 생각 없이 뱉으면 허전할 것 같은, 두병에게 놈은 그랬다. 일주일쯤 씹어대다 보니 입 안 어디에서 굴러다니는지도 모를 정도였다. 하지만 그날은 달랐다. 너무 씹어서 딱딱해진 껌 대신 그만한 크기의 벌레를 입에 물고 있는 기분이었다. 그것도 살아서 계속 꿈틀대는.

그날 앵글은 팔 힘이 하나도 없는 노인이 블라인드를 끌어올릴 때처럼 답답할 정도로 느릿느릿 열렸는데, 빠르고 달뜬 신음 소리가 위아래로 흔들리면서 숨 가쁘게 이어지고 있었다. 시야가 점점 선명해졌고, 물에 풀린 듯 흐리멍덩하게 뒤엉켜 있던 물건들도 차츰 모양을 찾아갔다. 가구점에서나 맡을 수 있는 희미한 나무 냄새가 났다. 방은 좁고 단출했지만 굉장히 깨끗했다. 바닥에는 카펫이 깔려 있었고, 서랍 세 개짜리 장식장이 침대 옆에 놓여 있었다. 호텔 룸 같았다. 전에도 비슷한 방에 묵은 적이 있었다. 아내와의 신혼여행 때. 그 후로는 처음이었다. 아내가 아닌 여자와는 더더욱 그랬다.

전등갓을 씌운 조명과 심플한 무늬의 천장 벽지가 보였고, 앵글은 여자의 모습을 아래쪽에서 잡고 있었다. 그 밑에는 면으로 된 하얀 베개 커버뿐이었는데, 앵글이 흔들릴 때마다 계속 바스락 소리를 냈다. 각도가 달랐다면, 위에서 내려다보거나, 적어도 정면에서 마주 보거나 했다면 어땠을까?

“아……! 아……!”

근육과 신경과 그것들을 지탱하고 있는 크고 작은 뼈들과 빨간 실처럼 빈틈없이 감겨 있는 모세혈관까지, 그 모든 게 실수로 떨어트린 아이스크림 덩어리처럼 지저분한 흔적만 남기고 전부 녹아 없어질 것 같았다. 여자의 몸에서는 화장품 냄새와 섞인 달짝지근한 땀 냄새가 났다. 우유 맛 사탕을 한참 빨다가 그걸 손가락으로 집어서 코에 댄 것처럼. 아랫도리는 뜨겁고 질퍽하고 미끈거렸는데, 그건 놈의 것도, 그렇다고 두병의 것도 아닌 것 같았다. 어떤 의미에서 그것은 반쯤 여자의 것이었고 여자는 놈의 몸 위에 앉아 계속 신음 소리를 내며 허리를 움직여댔다. 녹아버릴 것 같다, 아이스크림 덩어리처럼……. 두병은 정말 그렇게 생각했다. 물론 그걸 생각이라고 부를 수 있다면 그렇다는 소리지만.

여자의 턱 끝에서 대롱거리던 땀 몇 방울이 일부는 목과 가슴을 지나 배꼽까지 흘러내렸고, 일부는 후두둑 놈의 얼굴 위로 떨어졌다. 여자는 고개를 뒤로 젖히고 있었다. 머리 위에 뭔가 떠 있는데, 여자는 반드시 그걸 보고야 말겠다고 결심한 사람 같았다. 그건 아주 오랫동안 자세히 보지 않으면 안 되는 무언가가 분명했다. 아무튼 앵글에 잡히는 부분은 매끈하게 잘 빠진 길고 하얀 목줄기와 갸름한 턱선, 어깨 아래로 흘러내린 긴 생머리뿐이었다. 얼굴은 보이지 않았고, 당연히 표정도 읽을 수 없었다.

"오빠, 나 정말……."

그게 뭐든 여자의 몸속에서 엄청난 폭발이 일어난 것 같았다. 한순간 부르르 몸을 떨더니, 목뼈가 부러지기라도 한 것처럼 고개를 숙였다. 젊고 예쁜 여자였다. 예상은 했지만 예상한 그대로였다. 미간을 구긴 채 방금 결승선을 통과한 단거리 선수처럼 숨을 헐떡거리고 있었다. 살짝 벌어진 입술과 푸딩 속에 박힌 포도 알갱이처럼 흐리고 몽롱한 눈동자. 뺨에는 아직 뽀얀 젖살이 남아 있었다. 어디선가 본 적이 있는 얼굴이었다. 물론 그때 표정은 그렇지 않았다. 옷도 입고 있었다. 여자는 짧은 미니스커트 차림에 높은 하이힐을 신고 거리 저쪽에서 걸어왔다. 그것도 불과 몇 시간 전에.

소파에서 눈을 뜨자마자 두병은 몸이 찌뿌둥해서 그랬는지, 아니면 그냥 답답해서 그랬는지 모르지만 좀처럼 하지 않는 생각을 했다. 물속에 너무 오래 가라앉아 있었다고. 물고기도 가끔 물 위로 튀어오르는데, 출근시간이나 퇴근시간처럼 그걸 누가 정해 놓은 게 아니라면 그때 두병은 그러고 싶었다. 무작정 집을 나섰다. 주말인지도 몰랐다. 지하철을 타고 몇 정거장 간 다음 아무 역에서나 내린다는 게 대학가 주변이었다. 몇 번 와

봤지만 딱히 갈 곳은 없었다. 그냥 되는대로 걸었다. 사람들이 많은 대신 햇볕이 좋았다. 잘만 하면 곰팡이처럼 눅눅한 기분과 기분을 그렇게 만든 진짜 곰팡이를 어느 정도 털어낼 수 있을 것 같았다. 두병은 작게 휘파람을 불면서 이리저리 기웃거렸다. 오래된 서부영화의 주제곡이었다. 양복 조끼에 하얀 와이셔츠를 받쳐 입은 폴 뉴먼이 로버트 레드포드의 애인과 함께 자전거를 타는 장면…….

커피 볶는 냄새가 좋아서 그랬겠지만, 커피전문점 앞에 껌딱지처럼 엉덩이를 붙이고 앉아 있을 때도 두병은 계속 휘파람을 불었다. 차량이 몇만 칸쯤 달린 화물열차처럼 사람들의 행렬은 끝도 없이 이어졌다. 대부분 모르는 얼굴이었다. 가끔 어디선가 본 듯한 얼굴도 있었지만, 그건 그냥 느낌이 비슷한 얼굴이거나 아니면 두병의 착각에 불과했다. 두병은 그런 얼굴들을 삼사초쯤 빤히 바라보다 눈길이 마주치면 고개를 돌리고 딴전을 피웠다.

하지만 그때는 그러지 못했다. 도자기 인형처럼 생긴 여자가 길 저쪽에서 걸어오고 있었다. 매끈하게 잘 빠진 길고 하얀 목줄기와 갸름한 턱선, 그때는 긴 생머리를 단정하게 틀어올리고 있었다. 일 초, 이 초, 삼 초, 사 초…… 십 초쯤 빤히 쳐다보자 눈이 마주쳤지만 두병은 고개를 돌릴 수도, 딴전을 피울 수도 없었다. 왠지 머리가 약간 멍했다. 탄산음료를 너무 많이 마신 것처럼 속이 부글부글 끓었지만 그건 기분 나쁜 느낌이 아니었다. 명치 근처가 살짝 답답했고, 코에서는 마른 먼지 같은 푸석푸석한 냄새가 났다. 하지만 그게 다였다. 두 배쯤 커진 여자의 눈과 두 배쯤 빨라진 여자의 걸음걸이만 빼면 그랬다. 여자는 연못에 던진 돌멩이처럼 한순간 사람들 속으로 사라졌다. 그걸로 끝이었다. 그리고 두병과 함께 남은 것은 도색잡지처럼 질척질척한 상상뿐이었는데, 그건 자위를 시작하는 남자가 준비한 휴지 조각만큼이나 사람을 작고 초라하게 만드는 것이었다. 여자의 침과 냄새와 신음소리…….

몇 번 같은 경험이 계속됐다. 하지만 우연은 처음 한 번뿐이었고, 나머지는…… 고약한 술버릇이나 손버릇 같았다. 두병은 몸이 근질거릴 때마다 거리로 나가 휘파람을 불었다. 예쁜 여자는 많았다. 독사과를 든 마녀처럼 자기가 세상에서 제일 예쁘다고 생각하거나, 예쁘야 한다고 믿는 여자들도 몇은 됐다. 두병은 그 중 한 명을 골랐다. 어차피 하룻밤이었다.

방법은 간단했다. 일 초, 이 초, 삼 초, 사 초…… 십 초쯤 바라보기만 하면 그만이었다. 그런 날 두병은 평소보다 조금 일찍 소파에 누워 눈을 감았다. 커피나 녹차는 마시지 않았다. 대신 술을 좀 더 마셨고, 술과 함께 수면제를 삼키기도 했다. 그렇게 누워서 놈이 깨어나기를 기다렸다.

가끔 아내 생각을 하기도 했지만…… 죄책감은 크지 않았다. 그런 면에서 놈은 쓸모가 많았다. 힘들고 지저분한 일은 모두 놈이 했다. 어디서 여자를 찾는지, 무슨 말을 여자에게 하는지, 어떻게 여자의 옷을 벗기는지, 두병이 아는 건 하나도 없었다. 일 초, 이 초, 삼 초, 사 초…… 십 초쯤 여자를 바라본 게 다였다. 예쁜 여자가 지나가면, 두병만 그런 게 아니라 다들 그러니까. 그리고 놈이 뭘 하든, 설령 그보다 더한 짓을 한다 해도, 엄밀히 말해서 그건 두병이 그러는 게 아니었으니까.

그날도 두병은 거리에 앉아서 휘파람을 불고 있었다.

폴 뉴먼과 로버트 레드포드의 애인과 술 취한 당나귀처럼 익살맞게 비틀대는 자전거……. 하지만 그날은 여자 생각이 나지도, 몸이 근질거리지도 않았다. 고약한 술버릇이나 손버릇처럼, 그냥 습관 때문이었다. 두병은 거의 매일 여자를 안았는데, 그렇게 한 달쯤 지나자 몸에 달려 있는 주머니를 누군가 통째로 까뒤집어서 탈탈 털어낸 기분이었다. 아무튼 주머니는 텅 비어 있었고, 그게 다시 차려면 한동안은 기다려야 할 것 같았다. 대신 그날 두병은 일 초, 이 초, 삼 초, 사 초…… 십 초쯤 다른 걸 바라봤다.

딱히 손목시계가 필요한 건 아니었다. 시간이라면 휴대전화로도 얼마든지 확인할 수 있었다. 게다가 시간을 지켜야 할 약속이나 일정도 없었다. 시간은 시계 없이도 흘러갔다. 시간이 무의미할수록 더 그랬다. 하지만 그 손목시계는 뭐랄까, 고가의 그림이나 골동품처럼 기능과는 상관없는 물건 같았다. 쇼파드나 롤렉스쯤 되는 명품시계였다. 시가로 얼마나 될까? 짐작도 할 수 없었다.

빵! 빵!

경적 소리는 두 번뿐이었지만, 크고 신경질적이었다.

편의점 파라솔 밑에 앉아 있던 두병은 소리가 나는 쪽으로 고개를 돌렸다. 좀처럼 보기 힘든 중형 외제차였다. 경적 소리에 놀란 사람들이 하나 둘, 신기한 눈으로 바라보거나 뭐라고 작게 투덜대며 길을 비켜주고 있었지만, 속도는 느렸다. 두병의 앞을 지날 때도 그랬는데, 끝까지 내린 운전석 쪽 차창 밖으로 재킷을 삼 분의 일쯤 걷어올린 팔 하나가 튀어나와 있었다. 검지와 중지 사이에서 담배 연기가 피어올랐다. 반지는 보이지 않았다. 대신 굉장히 고급스러워 보이는 손목시계. 그때 두병은 고가의 그림이나 골동품을 떠올리고 있었다.

시간은 충분했다. 두병은 일 초, 이 초, 삼 초, 사 초…… 십 초쯤 손목시계를 응시했다. 물건에 대한 욕심은 없었다. 그냥 어떻게 될까? 하는 호기심이 반이었다. 그리고 나머지 반도 진지한 것은 아니었다. 길을 걷다 우연히 권총 같은 걸 주운 기분이었다. 당겨보고 싶었다. 뭘 쏘든, 그게 설령 찌그러진 깡통이나 빈 술병이라 해도.

다음날 아침…… 오른쪽 바지 주머니가 묵직했다. 오전 열 시 오십 분이었다. 탁상시계는 하나뿐이었고, 그건 안방 서랍장 위에 놓여 있었다. 평소라면 휴대전화로 시간을 확인했겠지만 그날은 그럴 필요가 없었다. 명품 손목시계가 두병의 손바닥 위에서 째깍째깍 움직이고 있었다. 어제 본 손목시계 같았다. 하지만 아니라도 상관없었다. 같은 메이커에 같은 모델. 두병은 그걸로 충분하다고 생각했다. 갑자기 견딜 수 없을 만큼 속이 간질거렸다. 깡통이 날아가고 술병이 박살나는 것처럼 가시적인 쾌감. 놈은 만능이었다. 그리고 두병은 놈의 주인이었다. 킥, 킥, 킥……. 한동안 두병은 어깨를 들썩이며 웃었는데, 그건 자기가 들어도 소름 끼치는 웃음소리였다.

"운이 좋군. 아니면 손재주가 좋은 건가?"

거기가 어딘지는 확실하지 않았다. 마분지 상자 속에 갇힌 것처럼 삭막한 느낌의 콘크리트 벽이 다였다. 창문이 없는 걸로 봐서는 사무실이나 상가 건물의 지하실 같았다. 묵직한 곰팡내가 알싸한 시멘트 냄새와 함께 후각을 괴롭혔다. 키 높이쯤에 매달려 있는 알전구 하나가 유일한 조명이었는데, 검은 천으로 덮인 탁자와 그곳에 모여 앉은 다섯 명의 정수리를 공평하게 비추고 있었다. 그리고 매캐한 담배 연기가 낮게 깔린 안개처럼 무겁게 떠다녔다.

"처음 보는 얼굴인데, 당신은 어느 쪽이야?"

청색 바탕에 체크무늬 보타이를 맨 딜러가 카드를 돌리고 있었다. 두 장째였다. 전문 딜러처럼 깔끔한 솜씨였다. 남자는 놈의 대각선 맞은편에 앉아 있었다. 독사처럼 화려한 색깔의 하와이안 셔츠를 입고 있었는데, 작은 머리와 날카로운 눈매 역시 독사를 연상시켰다. 세 장째 카드를 집어든 남자의 얼굴에서도 독사처럼 오싹한 미소가 꿈틀거렸다. 왼쪽 뺨에 길게 난 칼자국과 함께.

"사람은 말이야. 운이 좋을 때 조심해야 해. 안 그러면 제명에 못 죽거든."

남자는 작고 낮은 목소리로 말하는 데 익숙한 사람 같았다. 누구도 감히 거스를 수 없는, 말 한 마디로 사람을 죽이거나 지워버릴 수 있는, 그런 목소리. 의도적이든 아니든 이번에는 상대를 잘못 고른 것 같았다. 얼굴이 반반한 여자나, 차창 밖으로 튀어나온 손목시계 나부랭이와는 차원이 달랐다. 어디로든 도망치고 싶었다. 몸 어딘가에 독니가 박히기 전에. 하지만 놈은 의자에 앉아 꼼짝도 하지 않았다. 거기에서 만나기로 약속한 누군가를 기다리는 사람처럼.

"운이 나쁘면 말이 많아지지. 버르장머리도 없어지고."

딜러의 목소리는 아니었다. 카드를 손에 든 나머지 세 명도 입을 다물고 있었다. 느긋하지만 위협적인 목소리. 그런 목소리를 낼 수 있는 사람은 그곳에 두 명뿐이었는데, 그 중 한 명은 얼음물을 뒤집어쓴 사람처럼 앵글을 바라보며 놀란 표정을 짓고 있었다. 치수가 맞지 않는 바지처럼 남자에게는 어울리지 않는 표정이었다. 어쩌면 평생 처음 짓는 표정일지도 모른다고 두병은 생각했다.

"배짱이 두둑하군. 목숨이 열 개쯤 되나보지. 그래도 아끼는 게 좋을 거야. 열 개로는 부족할 테니까."

카드 돌려. 남자의 얼굴은 일주일쯤 화장실에 못 간 사람처럼 찜찜해 보였다. 누군가 자기 말을 듣지 않는다는 걸 굉장히 불편해하는 것 같았다. 하지만 그게 딜러는 아니었다. 딜러는 말 잘 듣는 아이처럼 카드를 돌리기 시작했다. 스페이스 에이와 다이아몬드 세븐, 세 번째 카드는 클로버 에이였다. 머리가 갑자기 숫자로 가득 찼다. 두개골 속에 들어 있던 것들을 깨끗하게 파낸 다음, 대신 성능이 좋은 엔진을 장착한 기분이었다. 그것도 최소한 열 대 이상. 수많은 피스톤이 김을 뿜으면서 동시에 왕복운동을 시작했고, 가끔은 거기서 튄 불꽃 때문에 앵글이 카메라 플래시가 터질 때처럼 하얗게 변하기도 했는데, 아무튼 현기증이 날 만큼 머리가 빨리 돌아가고 있었다.

숫자와 기호가 모여 공식이 되고, 그렇게 조합된 공식들은 끈에 매달린 모빌처럼 손에 잡힐 듯 공중에 떠다녔다. 놈은 쉰두 장이나 되는 카드의 확률을 계산하고 있었다. 계속 숫자가 바뀌고, 그때마다 공식이 변했다. 모든 계산값 뒤에는 퍼센트 단위가 붙었다. 석 장, 넉 장, 손에 쥔 카드가 늘어날수록 공식도 그만큼 간단해지고 있었다. 플랫폼으로 들어오는 지하철 같았다. 머릿속에서 룰렛이 도는 느낌과도 비슷했다. 열차가 정지한 뒤 스크린 도어가 열리고, 테두리를 돌던 쇠구슬이 틱 소리를 내면서 숫자칸 안으로 떨어지고……. 그렇게 계산은 끝났고, 사실상 거기서 게임도 끝난 셈이었다. 이번에는 숫자와 공식 대신 사람들이 쥐고 있는 카드패가 그들의 머리 위에 모빌처럼 매달려 있었다. 그것은 말할 필요도 없이, 그 순간 거기에서 일어날 수 있는 가장 환상적인 일이었다.

장소는 매번 달랐다. 창문이 있거나 없었고, 있어도 모양과 위치가 제각각이었다. 벽시계와 달력만 해도 그랬다. 둘 다 걸려 있는 곳이 있는가 하면, 아무것도 걸려 있지 않은 곳도 있었는데, 아무래도 둘 중 하나만 걸려 있는 경우가 제일 많았다. 바닥에는 대개 장판이 깔려 있었다. 하지만 꼭 그런 것만은 아니었다. 카펫이 깔려 있기도 했고, 데코타일이 깔려 있기도 했다. 물론 그냥 시멘트 바닥일 때도 있었다. 큼지막한 실링팬을 천장에 매달아 둔 곳도 있었는데, 그게 돌아갈 때마다 머리 위에서 각목 같은 걸 천천히 휘두르는 소리가 났다. 두병은 그런 것들로 장소를 구별했다. 모든 게 완전히 일치한 적은 한 번도 없었다. 놈이 조심스러운 건지, 아니면 다른 누군가가 조심스러워서 그러는 건지 알 수 없었다. 하긴 알고 싶은 마음도 별로 없었다. 그게 장소든 사람이든, 쉽게 바뀌는 것들은 대개 둘 중 하나였으니까. 의미가 없거나, 중요하지 않거나.

하지만 그렇지 않은 것들도 있었다. 승률은 평균 구할대였고, 그건 어딜 가나 변하지 않았다. 놈은 열 번에 아홉 번꼴로 칩을 쓸어담았다. 양이 많을수록 바스락거리는 소리도 컸다. 나머지 한 번은 도저히 이길 수 없거나, 이겨봤자 의미가 없을 만큼 판돈이 적을 때였다.

그것 말고도 변하지 않는 것이 또 하나 있었는데, 눈을 뜨면 거실 어딘가에 돈 가방이 놓여 있었다. 몇천만 원부터 수억 원까지 금액은 다양했다. 하지만 중요한 점은 그게 모두 현찰이라는 사실이었다. 만 원권이든 오만 원권이든, 거기에 수표나 유가증권 같은 종이 쪼가리는 섞여 있지 않았다. 세금도 낼 필요 없었다. 하지만 현찰은 생각 외로 부피가 컸다. 그래서 두병은 이름이 다른 은행 몇 곳에 통장을 개설한 뒤 돈의 일부를 적당히 나눠서 입금했다. 그리고 나머지 일부는 집 안 곳곳에 은밀히 숨겼다. 천장을 뜯거나, 싱크대를 개조해서 공간을 만들었다. 여행 가방을 잠그기 위해 낑낑대는 사람처럼 두병은 그런 곳에 돈을 쑤셔 넣었다. 사실 통장에 들어간 돈은 동그라미에 불과했다. 모두 합하면 하나, 둘, 셋, 넷…… 현재로는 열 개지만 조만간 열한 개가 될 동그라미. 하지만 집 안에 있는 돈은 그렇지 않았다. 확실한 부피와 무게가 있었다. 마음만 먹으면 언제든지 꺼내 볼 수 있었다. 손가락에 침을 묻혀가며 세기도 하고, 그러다가 기분이 내키면 냄새를 맡고 뺨에 비비고……. 두병에게는 동그라미를 들여다보는 것보다 그 편이 좋았다. 적어도 눈앞에 없는 걸 있다고 상상하며 자위하는 기분은 들지 않았으니까.

"나 기억하는지 모르겠네……."

그날은 이례적으로 앵글이 두 번 열렸고, 그건 마치 라면 봉지를 뜯었는데 분말 스프가 두 개 들어 있을 때와 비슷한 느낌이었다. 하지만 느낌이 그냥 그랬다 뿐이지, 지금쯤 누구는 스프도 없이 라면을 끓이겠네, 라며 웃어넘길 수 있는 상황은 아니었다. 말 한 마디로 사람을 죽이거나 지워버릴 수 있는 목소리. 놈은 어떨지 모르지만, 두병은 지구가 둥글뿐더러 매일 한 바퀴씩 돈다는 사실만큼이나 확실하게 기억하고 있었고, 그래서 도망치고 싶었다. 남자는 손가락 하나로 얼굴에 난 칼자국을 천천히 문지르며 앵글을 노려보고 있었다. 손가락이 지우개고 얼굴에 난 칼자국은 어쩌다 잘못 그은 선이라서, 그렇게 문질러 대면 반드시 지워질 거라고 굳게 믿는 사람 같았다.

"내가 누구한테 빚을 지고는 못 사는 성격이라서 말이야."

남자가 말을 마치지도 전에, 바닥을 때리는 소나기처럼 여러 개의 구둣발 소리가 사방에서 들려왔다. 각목을 든 어깨 다섯 명이 앞길을 막아섰고, 목공소 같은 곳에서 단체로 맞췄는지, 등 뒤에서 나타난 어깨 다섯 명도 똑같은 모양의 각목을 들고 있었다.

"목숨이 몇 개나 되는지 되게 궁금하더라고. 지금부터 그걸 좀 확인할까 하는데, 불만은 없지?"

남자가 고개를 끄덕이자, 그걸 신호로 어깨들의 구둣발 소리가 천천히 다가왔고, 등 뒤에서 실링팬 돌아가는 소리를 내며 첫 번째 각목이 날아들었다. 각목은 정확히 머리를 겨냥했다. 군더더기가 전혀 없는, 그래서 굉장히 빠르고 깔끔할뿐더러, 그렇기 때문에 더욱 치명적인 공격이었다. 손바닥에 물집이 잡힐 때까지 수만 번 이상 같은 동작을 반복하면서 익힌 검도 유단자의 솜씨 같았다. 아니면 단순히 수만 명의 뒤통수를 그렇게 내리치면서 실력을 연마했거나.

그와 동시에 앵글이 움직였다. 시속 200킬로미터로 달리는 차 안에서 노면을 멍하니 바라보고 있는 것 같았다. 물체의 모양이 흐려질 정도로 빨랐다. 바이킹 끝에 앉아서 사정없이 아래로 곤두박질치는 듯한 기분. 짜릿한 느낌을 즐기며 비명이라도 질러야 하나? 어쨌든 공짜로 얻어 탄 놀이기구니까. 하지만 두병은 그럴 수 없었다. 두병의 머릿속에는 딱 두 가지 생각뿐이었다. 멀미약은 이럴 때 붙여야 한다는 생각과 현기증이 너무 심해서 아무 생각도 할 수 없을 것 같다는 생각. 하긴 뭘 좀 제대로 생각하기에는 시간이 너무 짧았다. 모든 일이 십 분의 일 초 아니면 이십 분의 일 초 사이에 일어났으니까.

어깨가 휘두른 각목이 붕 소리를 내면서 앵글 옆으로 비껴갔고, 퍽 하는 소리와 함께 피 묻은 이빨 몇 개가 공깃돌처럼 이리저리 날아다녔다. 그 후 앵글은 빠르게 네 번 움직였다. 바닥에 쓰러져 있는 어깨를 보고, 락스에 담갔다 뺀 것처럼 하얗게 질린 다른 어깨들을 보고,

칼자국 끝에서 손가락이 멈춘 남자를 본 뒤, 다시 바닥에 쓰러져 있는 어깨를 봤다. 눈을 몇 번 껌뻑거릴 뿐 다른 움직임은 없었다. 자기에게 무슨 일이 일어났는지, 왜 바닥에 쓰러져 있고, 어째서 몸이 말을 듣지 않는지, 정말 하나도 모르겠다는 표정이었다. 공포로 가득 찬 어깨의 눈은 계속 한 곳에 못 박혀 있었는데, 그렇다고 딱히 뭘 보는 것 같지는 않았다. 그래도 만약 뭘 보고 있다면 그건 눈에 보일 만큼 선명한 공포가 분명했는데, 다른 어깨들 역시 같은 걸 바라보며 비슷한 감정을 느끼는 것 같았다. 그리고 도망치든 싸우든 인간을 움직이는 대부분의 힘은 공포에서 나왔다.

"씨팔, 죽여!"

앞에 다섯 명, 뒤에 네 명. 산수는 가차 없이 단순하고 정직했다. 혼자서 상대하기에는 머릿수가 너무 많았다. 거친 욕설과 함께 각목 세 개가 동시에 날아왔다. 약이 바짝 오른 말벌처럼 붕, 사나운 소리를 내고 있었다. 모든 게 끝이라고 생각했다. 피가 튀고 뼈가 부러지고, 물론 그 전에 정신을 잃겠지만, 머리가 깨지고 귀가 찢어지고, 어쩌면 차에 치인 것처럼 창자가 터질지도 몰랐다. 칼자국의 칩에는 손대는 게 아니었다. 최소한 버르장머리 어쩌고저쩌고 하면서 쑤셔 댈 필요는 없었다. 하지만 놈은 겁이 없는 건지 생각이 없는 건지, 그 모든 일을 한꺼번에 저질렀고, 그건 안 그래도 심기가 불편한 벌집을 냅다 걷어찬 거나 다름없었다. 앞에 골대가 있는 것도 아닌데. 설령 골대가 있었다 해도…….
어쨌든 그건 축구공이 아니라 벌집이었으니까.

앵글의 움직임은 종잡을 수 없이 빨랐다. 옆구리가 보이고, 허벅지가 보이고, 뒤통수가 보이는가 하면, 어금니를 악물거나 두 눈을 부라리고 있는 얼굴도 보였다. 희미한 불빛은 한 사람당 네 개씩 길고 짧은 그림자를 만들었는데, 그렇게 사십 개나 되는 그림자가 약속이라도 한 것처럼 말없이 엉겨 붙어 있는 동안 별 몇 개가 박혀 있는 밤하늘은 시치미를 떼 듯 한없이 깊고 검고 멀기만 했다. 그 모든 장면이 슬라이드 필름처럼, 하지만 그게 뭔지 제대로 좀 들여다보기도 전에 획획 나타났다 사라졌다. 재수 없게 총알택시를 잡아탄 기분이었다. 두병은 엉덩이를 반쯤 든 채 뒷좌석에 앉아 있었고, 인정하고 싶지 않지만 운전석에 앉아 핸들을 잡고 있는 사람은 놈이었다. 그것도 똥오줌도 가리지 못할 만큼 머리끝까지 취해서.

아무튼 눈에 보이는 걸로는 무슨 일이 일어나고 있는지 아무것도 알 수 없었다. 붕붕, 각목이 날아다닐 때마다 앵글은 옆으로 눕고, 거꾸로 뒤집히고, 몇 바퀴씩 빙글 돌기도 했다. 쉴 새 없이 몸을 틀고 방향을 바꿨다. 그리고 무언가를 계속 후려치듯 둔탁한 소리가 이어졌다. 딱 아홉 번. 비명 소리조차 없었다. 청소차가 지나간 것 같았다. 골목은 깨끗했고, 그곳에 서 있는 사람은 두 명뿐이었다. 놈과 칼자국.

칼자국은 더 이상 뺨에 손가락을 대고 있지 않았다. 부러진 나뭇가지처럼 두 팔을 늘어트리고 있었고, 누가 그걸 부러트렸다는 게 믿기지 않는다는 듯 멍한 표정을 짓고 있었다. 놈이 한 발짝 두 발짝 앞으로 움직이자, 앵글도 오른쪽 왼쪽으로 천천히 흔들렸다. 그리고 그때마다 훅훅, 끔찍한 숨소리가 들렸다. 무섭도록 빨갛게 달아오른 돌멩이처럼, 그게 뭐든 절대 손대고 싶지 않게 만드는 숨소리. 이번에도 두병은 도망치고 싶었다. 그럴 수만 있다면 어디로든. 하지만 그럴 수 없다는 걸 누구보다 잘 알고 있었고, 그게 다른 무엇보다 가장 무서웠다.

어느새 앵글에는 칼자국의 얼굴이 가득했다. 불과 두세 걸음 앞에서 누군가 이 모든 게 악몽이라고 말해주기를 기다리는 사람처럼 우두커니 서 있었다. 한쪽 손을 재킷 주머니 속에 찔러 넣고서.

"그걸 꺼내면 넌 죽는다."

놈이 칼자국을 바라보며 그런 말을 했고, 그와 동시에 쇳덩어리 같은 것이 작은 소리를 내면서 철커덩거렸다. 낡은 문고리나 자전거 체인 같은 걸 손에 꼭 쥐고 있다가 슬그머니 놓는 소리 같았다. 물론 낡은 문고리보다 훨씬 위험하고, 자전거 체인보다 훨씬 과격한 어떤 물건일 테지만. 하지만 그게 뭐든 더 이상 위험하거나 과격해 보이지 않았다. 재킷 주머니 밖으로 절대 나오지 못할 테니까. 칼자국의 몸이 달그락 소리를 내면서 떨고 있었다.

"죽음이 두렵나?"

놈이 물었고, 칼자국은 넋 나간 사람처럼 몇 번 고개를 끄덕였다.

"그럼 됐어."

앵글은 다시 지팡이를 사용하는 노인이 산책을 하듯 느릿느릿 앞으로 이동했다. 등 뒤에서, 다리에 힘이 풀리고, 무릎이 꺾이고, 오줌이 바지를 적시고…… 이 모든 과정을 거친 칼자국이 털썩 건물이 무너져내릴 때처럼 바닥에 주저앉는 소리가 들렸다. 그리고 놈은 오른쪽 골목으로 방향을 틀면서 문득 생각난 것처럼 아무렇지 않은 목소리로 중얼거렸다.

"어때, 친구? 재미있게 즐겼나?"

그날 두병에게는 어떤 신조 같은 것이 생겼는데, 그건 종교적인 믿음과도 성격이 비슷했다. 세상에는 절대 공짜가 없다는. 물론 그럴 필요가 없기도 했지만, 두병은 하나를 사면 하나를 더 주는 원플러스원은 거들떠보지도 않았다. 봉지 하나에서 분말 스프가 두 개 나올까 봐 라면에는 손도 대지 못했다. 그만큼 두 번째로 열린 앵글은 무시무시하고 오싹했다. 그리고 그 중에서도 마지막 장면이 가장 심했다. 칼자국을 뒤에 남겨둔 채 앵글은 어두운 골목을 비추고 있었고, 그래서 제대로 보이는 게 하나도 없었지만, 그곳에 아무도 없었다는 사실만은 분명하게 말할 수 있었다. 재미가 있고 없고의 문제가 아니었다. 놈은 두병에게 말을 걸고 있었다. 그것도 같이 어깨동무를 한 것처럼 친근하게.

“재킷하고 바지에 피가 조금 묻었군. 옷을 더럽힌 건 미안해. 하지만 세탁비는 충분하겠지?”

두병은 대답하지 않았다. 두병은 상자 속에 갇혀 있었고, 들린다는 보장도 없는 상황에서는 그러는 게 좋을 것 같았다. 설령 들린다 해도 대답할 말이 없기는 마찬가지였다. 세탁비는 됐어. 옷 한 벌 새로 사지, 뭐. 하고 싶은 말은 이런 게 아니었지만, 자꾸 이런 말밖에 떠오르지 않았으니까. 그래서 두병은 입을 다물었고, 얼마 후 앵글이 닫히면서 텔레비전 코드를 뽑은 것처럼 팟- 시야가 어두워졌다.

변한 것은 거의 없었다. 전혀라고는 할 수 없지만 거의 그랬다. 아무튼 뭔가 달라진 것 같은데, 그게 뭐든 놈이 아니라는 것만은 확실했다. 놈에게는 변한 게 없었다. 여자를 밝히고, 카드를 좋아했다. 잠자리에서는 언제나 화끈했고 승률도 여전했다. 항상 구 할대를 웃돌았고, 그러겠다고 마음만 먹으면 언제든지 칩을 쓸어

담을 수 있었다. 놈은 만능이었고, 그건 예전 그대로였다. 변한 게 있다면 두병의 생각이었다. 매일 술을 마시고, 가끔 거리에 나가 휘파람을 불었지만, 두병은 자기가 더 이상 놈의 주인이라고 생각하지 않았다. 주인이라니, 웃기는 생각이었다. 괴물은 주머니 속에 넣고 다닐 수 있는 물건이 아니었다. 한때는 주머니 속에 넣고 다니면서 필요할 때마다 넣다 뺐다 할 수 있을 거라고 생각했지만, 그건 웃기는 생각이었고, 두병은 더 이상 그렇게 생각하지 않았다.

"깡!"

그러던 어느 날, 경쾌한 소리와 함께 앵글이 열렸다. 총성은 아니었다. 그보다는 훨씬 맑고 가벼운 소리였다. 화약 냄새도 나지 않았다. 대신 숨 막히는 피비린내가 코를 찔렀다. 누군가 바닥에 얼굴을 묻고 쓰러져 있었다. 뒤통수는 칼을 대자마자 쪼개진 수박처럼 쩍 벌어져 있었고, 거기에서 흘러나온 피가 머리카락에 엉겨 붙어 있었는데, 두개골이 움푹 함몰된 모양으로 봐서는 도끼로 장작을 팰 때처럼 위에서 사정없이 내리친 것 같았다.

중키에 아래위로 허름한 녹색 추리닝을 입은 남자였다. 가운데가 부러지면서 두 동강난 뿔테 안경이 남자의 정수리 부근에 떨어져 있었고, 이건 좀 다른 이야기지만, 부러진 뿔테 안경 같은 걸 걱정할 만한 사람은 그곳에 아무도 없는 것 같았다. 남자는 바닥에 엎어진 채 꼼짝도 하지 않았다. 일 초, 이 초, 시간이 흘러가는데도 손에 든 사진을 빤히 들여다보는 듯한 느낌. 오싹했다. 경련을 일으키지도 않았고, 숨을 쉰다는 느낌도 없었다. 죽은 게 확실했다. 부검의처럼 눈을 뒤집어 까거나 가슴에 청진기를 대지 않더라도 전 재산을 걸 수 있을 만큼.

"누군지 궁금한가?"

궁금하지 않다면 거짓말이었다. 죽도록 궁금했다. 하지만 그게 부침개 뒤집듯 남자의 몸을 뒤집어달라는 뜻은 아니었다. 그래도 놈은 그렇게 했다. 그것도 한쪽 발을 뒤집개처럼 사용해서.

콸럭콸럭 코피가 흐르고 있었고, 뿌리째 입 밖으로 늘어진 혀는 생각보다 훨씬 길고 두툼했다. 눈알 두 개가 모두 튀어나와 있었는데, 하나는 터진 채 짓이겨져 있었고, 다른 하나는 모양만 조금 눌려 있었다. 어쨌거나 뿔테 안경이 부러진 걸 걱정할 만큼 양호한 상태는 아니었다. 손가락으로 후벼판 듯한 두 눈은 이제 두 개의 검은 구멍에 지나지 않았고, 검은 구멍이 몇 개든 그걸로는 아무것도 볼 수 없을 테니까. 아무튼 처음 보는 얼굴이었다. 혀를 집어넣고, 눈알 두 개를 다시 끼우고, 물티슈 같은 걸로 지저분한 코피를 박박 닦아낸다 해도 그랬다. 대체 누구지? 두병은 생각했다. 누가 그랬는지는 알고 있었다. 하지만 왜 그랬는지는 몰랐다. 그렇다고 놈의 설명을 기대할 수도 없었다. 하늘에서 떨어졌거나 땅에서 솟은 것이 분명한 남자의 시체가, 그래서 두병의 눈에는 거대한 물음표처럼 보였다.

잠시 후, 앵글은 남자의 턱과 목, 가슴을 거쳐 천천히 밑으로 이동했다. 별다른 느낌은 없었다. 충격에 익숙해지기도 했고, 옷에 흙먼지가 조금 묻어 있을 뿐 상태도 비교적 괜찮아 보였으니까. 물론 그걸 그렇게 말할 수 있다면 그랬다는 소리지만. 아무튼 죽음도 다른 것들과 비슷했다. 언제까지나 사람을 놀라게 할 수 있는 것은 이 세상 어디에도 없는 것 같았다.

남자의 바지 주머니 속에는 아무것도 들어 있지 않았다. 양쪽 다 비어 있는지 편평하고 홀쭉했다. 유독 추리닝 무릎만 뭐가 든 것처럼 늘어나 있었고, 발목이 돌아간 각도만큼 옆으로 누워 있는 낡은 단화는 반세기쯤 신고 돌아다닌 것처럼, 그래서 신발 유령이 되기라도 한 듯 색깔도 모양도 흐릿했다. 자세히 들여다보면 발뒤꿈치에 박힌 굳은살이나 발톱 사이에 낀 때 같은 게 정말 보일 것 같았다. 그리고 번들거리는 신발 밑창 아래 그게 놓여 있었다. 길고 단단한, 그것도 보통 단단한 게 아니라 굉장히 단단한, 무언가를 내리칠 때 깡 소리가 나는 물건이었다. 한 번도 사용한 적 없는 아들의 알루미늄 배트. 다른 곳은 멀쩡했지만 가운데가 약간 찌그러져 있었고, 거기에 머리카락 몇 올과 끈끈한 이물질이 달라붙어 있었다. 언제까지나 사람을 놀라게 할 수 있는 것은 이 세상 어디에도 없는 것 같았다. 하지만 그것도 생각하기 나름이었다. 두병은 아무것도 더 이상 장담할 수 없었다.

"키, 키, 키, 키……."

놈의 웃음소리가 신경을 긁어대며 메아리쳤다. 그와

동시에 앵글이 움직였고, 놈은 바닥에 쓰러져 있는 남자를 뒤로 한 채 뚜벅뚜벅 걸음을 옮기기 시작했다. 하지만 두병에게는 가져가야 할 물건이 있었다. 알루미늄 배트는 아들의 물건이었고, 두병은 그걸 두고 갈 수 없었다. 아니 두고 갈 수 없다고 생각했다.

"집착이야."

집착이라 해도 변하는 것은 없었다. 어쩌면 집착이기 때문에 더욱 그런지도 몰랐다.

"정 그렇게 해야겠다면 그렇게 해. 어쩔 수 없지."

놈은 대체로 친절하지 않았다. 엄청나게 머리가 잘 돌아간다거나, 믿을 수 없을 정도로 싸움을 잘한다는 게 그만큼 친절하다는 소리는 아닐 테니까. 그때도 그랬다. 아들의 물건으로 사람을 죽인 다음 그걸 돌려준 것뿐이었다. 하지만 호의는 호의였다. 그건 놈의 입장에서 보면 굉장히 이례적인 일이었고, 두병이 보기에도 그랬는데, 호의라는 건 언제나 이례적인 일이었으니까.

"잘 지내시죠?"

며칠 뒤 두병은 머리맡에 놓아둔 휴대전화 벨소리에

잠을 깼다. 어디선가 몇 번 들어본 목소리였고, 그 목소리를 들으면서 두병은 정중하지만 투박한 손길을 떠올렸다. 아들의 얼굴에 덮여 있던 흰 천과, 이름과 전화번호만 들어간 두 줄짜리 명함도.

"참, 식사는 하셨습니까?"

박 형사는 여전했다. 두병은 물 한 모금 마시지 않았지만 대충 때웠다고 대답했다. 두병도 예전 그대로였다. 소파 밑에서 손목시계가 굴러다니고 있었다. 오전 열 시 십몇 분이었다. 베란다 너머의 햇빛이 눈부셨다. 참새들이 지저귀는 소리가 유리창을 두드려대고 있었다. 어쨌거나 형사의 목소리로 하루를 시작하기에는 아까운 날씨였다. 딱히 특별한 계획이 없을 때는 더욱 더. 물론 특별한 계획이 있을 때도 마찬가지겠지만.

해도 되고 안 해도 상관없는 말 몇 마디를 박 형사는 더했다. 주로 식사에 대한 이야기였고, 자세한 내용은 기억나지 않았는데, 그건 아마 내용이 없어서 그런 것 같았다. 아무튼 식사 시간이나 반찬의 종류 같은 걸로 사람을 취조한다는 게 쉬울 것 같지는 않았다. 하지만 박 형사는 아무렇지도 않게 그 일을 해냈다. 그런 다음

박 형사는 내용이 있고, 그걸 기억할 수도 있는 진짜 이야기를 시작했다. 하긴 형사라는 게 용건도 없이 전화를 할 만큼 한가한 직업은 아닐 테니까.

"유괴범을 찾았는데요……."

박 형사는 잡았다거나 체포했다는 말을 사용하지 않았다. 찾았다고 했다. 말실수 같지는 않았다. 발견했다고 하려다가 그나마 조심스럽게 말을 고른 뉘앙스였다. 게다가 나뭇가지 같은 걸로 자신의 발자국을 지우듯 말끝을 흐리는 걸 보면 할 말이 더 남아 있는 것 같았다. 두병은 전화기에 귀를 대고 가만히 기다렸다. 뒤통수가 깨진 채 길바닥에 쓰러져 있던 녹색 추리닝의 남자를 떠올리면서. 하지만 박 형사는 말을 잇지 않았다. 대신 한동안 뜸을 들인 뒤, 또 식사 이야기를 했다.

"아직 점심 전이시죠? 짜장면 좋아하시나 모르겠네. 아무튼 번거롭게 나오실 필요 없이 제가 댁으로 가겠습니다."

단무지나 씹으면서, 자세한 이야기는 그때 하자고 했다. 안 된다고 해서 물러설 것 같은 목소리가 아니었다. 과녁을 향해 날아가는 화살이나, 적에게 돌진하는 코뿔

소처럼 목적이 확실한 목소리. 손이 떨리고, 귀에 댄 전화기는 프라이팬으로 달군 식용유처럼 뜨거웠다. 입 안에 침이 고였지만 꼴딱, 소리가 날까봐 삼킬 수도 없었다. 이마에서 눈으로, 턱을 거쳐 목으로, 주르르 식은땀이 흘러내렸다.

'한번 냄새를 맡은 짭새는 죽을 때까지 그 냄새를 잊지 못하지. 오라고 해. 멍청한 짓 하지 말고.'

박 형사는 대답을 기다리고 있었고, 놈이 말했다. 두병의 머릿속에서. 놈의 목소리는 대체로 침착했는데, 기계에서 흘러나오는 것처럼 감정의 기복이 거의 없었고, 그때도 예외가 아니었다. 백미 취사가 완료되었습니다, 라고 말하는 전기밥솥이나, 지하철 안내방송 같았다. 이번 역은 신도림, 신도림 역입니다. 내리실 문은 오른쪽입니다. 수원, 인천, 청량리 방면이나 까치산 방면으로 가실 손님은 이번 역에서 열차를 갈아타시기 바랍니다……. 하지만 그래서 힘이 있었다. 충고나 의견이 아니라 사실을 말하는 것 같았으니까.

"뭐, 그러죠."

"그럼 이따 한 시쯤에 찾아뵙겠습니다. 댁에 계실 거

죠?"

전화를 끊고 두병은 생각했다. 비행접시를 본 크로마뇽인처럼 멍한 표정으로 소파에 앉아서, 혹은 어항이 좁아터졌다는 걸 까맣게 모르고 있는 금붕어처럼 거실을 왔다 갔다 하면서. 그게 뭔지는 몰라도 박 형사가 냄새를 맡은 게 분명했다. 발자국일 수도 있었고, 지문일 수도 있었다. 어쩌다 흘린 명함이나, 옷에서 떨어진 단추일 수도 있었고. 아무튼 박 형사는 그런 걸 하나 주워 올린 모양이었다. 코에다 갖다대고 이리저리 돌려가면서 킁킁거리다 어느 쪽으로 달려가야 할지 방향을 잡은 게 틀림없었다. 그리고 곧 아가리를 벌리고 사냥감을 물어뜯기 위해 달려들겠지. 짜장면 한 젓가락에 단무지를 한 개씩 씹어대면서.

하지만 정말 마음에 걸리는 건 놈이었다. 두병은 놈의 생각을 읽을 수 없었다. 놈이 어떻게 나올지, 계획이 뭔지, 아니 그런 게 있기는 있는지……. 두병은 건강검진 통지서를 기다리는 사람처럼 불안했고, 생각하면 생각할수록 더 그랬다. 그러는 동안에도, 언제나 그렇듯 시간은 제멋대로 흘렀는데, 빠르지도 느리지도,

그렇다고 어중간하지도 않았다. 반으로 찢어진 지폐 한쪽을 주머니 속에 넣고 다니는 기분이었다. 쓸 수도 없지만 버릴 수도 없는.

두병은 계속 생각만 했다. 계속 생각만 했다는 것은 아무것도 하지 않았다는 뜻이기도 했다. 하지만 생각만큼 사람을 지치게 만드는 것도 없었다. 마취제를 맞은 것처럼 온몸이 나른했다. 거실을 어슬렁거려 봤자 머리만 울렸고, 아무데나 좀 앉았으면 좋겠다는 생각이 들었는데, 소파는 그럴 때 쓰려고 있는 물건이었다. 몇 번 고개를 흔들면서 잠을 쫓았지만 소용없었다. 스르르 눈이 감겼다. 잠을 설치기도 했고, 평소보다 일찍 일어난 탓도 있었지만, 무너진 축대와 물에 잠긴 자동차들……. 어스름한 빛이 감도는 방 안에 누워 재난 방송을 지켜보는 기분이었다. 두렵거나 도망치고 싶은 것들은 그게 뭐든 항상 TV 화면 속에 있었고, 그렇게 생각하면 왠지 모르게 아늑했다. 남의 불행을 들여다보는 것만큼 달콤한 일도 없을 테니까. 그것도 곰팡내 나는 이불을 머리끝까지 뒤집어쓰고서.

참새들은 더 이상 지저귀지 않았다. 소파 밑에 떨어

져 있는 손목시계로 시간을 확인했다. 열두 시 삼십오 분. 박 형사가 말한 시간까지는 채 삼십 분도 남아 있지 않았다. 잠을 쫓기 위해 몇 번 더 고개를 흔들었다. 덩치 큰 개가 물 밖으로 나와서 몸을 흔들어댈 때처럼. 하지만 이번에도 소용없었다. 잠은 눈꺼풀 위에 매달려 있었고, 그건 칼로 도려내지 않는 이상 절대 떨어져나갈 것 같지 않았다.

'바통을 넘기는 게 어때? 나머지는 내가 알아서 할 테니까. 한번 냄새를 맡은 짭새는 죽을 때까지 그 냄새를 잊지 못하지. 죽을 때까지 말이야.'

그때 휴대전화로 문자가 왔다. 박 형사였다. 주차장입니다. 차 대놓고 바로 올라가겠습니다. 약속한 것보다 이십 분 빠른 시간이었다.

'고집 부리지 말고 내 말 들어. 자수라도 할 생각인가?'

몇 번 더 고개를 흔들 수도 있었다. 그러다 안 되면 찬물로 세수를 하거나 아예 샤워를 할 수도 있었고. 칼로 눈꺼풀을 도려내는 것도 하나의 방법이었다. 그중에 뭘 하든 시간이 오래 걸릴 것 같지는 않았다. 하지만 두병은 계속 생각만 했다. 아무것도 하지 않았다는 뜻이었다. 대신 몸을 모로 하고 소파에 누워 눈을 감았다. 속이 울렁거렸고, 약간의 현기증과 함께 의식이 멀어져 갔다.

두병은 더 이상 그곳에 없었다. 다른 어디에도 있지 않았지만, 아무튼 거기가 아니라는 것만은 확실했다.

4

생각은 해볼 수 있었다. 하지만 생각이 문제를 해결해주는 것은 아니었다.

“나는 확실한 걸 좋아하는 사람이야. 하지만 지켜만 보는 건 확실한 방법이 못 돼. 변수가 너무 많거든.”

남자와 얼굴을 맞대고 이야기하는 건 그때가 두 번째였다. 비 오는 날 종현의 사무실에서 한 번, 그리고 다음에는 은은한 조명에 대화를 방해하지 않을 정도의 재즈가 흐르는 고급 바였다. 정확히 말하면 두 개의 스툴에 나란히 앉아 남자는 올리브 몇 개가 떠다니는 칵테일을, 종현은 올리브 대신 얼음 몇 덩어리가 달그락거리는 온 더 락 위스키를 생각날 때마다 한 번씩 홀짝거렸다. 고개만 살짝 돌리면 남자의 한쪽 뺨 정도는 볼 수 있었지만 종현은 바 안쪽에 진열된 이런저런 술병들을 구경했다.

세련된 밤색 베스트 밑에 하얀 와이셔츠를 받쳐 입은 바텐더가 융으로 안경알을 문지르듯 생각할 게 아주 많은 사람처럼 술잔을 닦고 있었다. 실제로도 디자인이 날렵한 금테 안경을 끼고 있었는데, 얼룩이나 지문 하나 없었다. 저렇게 닦아대면 도수가 달라지지 않을까? 종현은 위스키를 한 모금 홀짝거리며 엉뚱한 생각을 했다. 달그락, 잔 속에 떠 있는 얼음이 이빨에 부딪히며 소리를 냈다.

"그래서 말인데, 자네가 좀 더 적극적으로 일을 해줬으면 좋겠어."

남자의 이야기는 굉장히 구체적이었고, 종현은 그걸 못 알아들을 만큼 멍청하지 않았다. 하지만 훈련이 잘된 개처럼 누가 부른다고 대뜸 꼬리를 흔들며 달려갈 생각은 없었다.

"내가 머리가 나쁜 건가. 어떻게 적극적으로 하라는 건지 모르겠네."

종현은 자기가 마치 대기업 회장을 가르치겠다고 아주 오래전부터 단단히 별러 온 계단 청소부 같다고 생각했다. 돈으로 사람을 살 수 있다고 생각한다면 그건 당신이 크게 착각하는 거야. 당신, 사람을 잘못 봐도 한참 잘못 봤어. 자기가 만약 계단 청소부라면 정말 웃기지도 않는 계단 청소부라고 생각했고, 종현에게도 그런 정도의 자각은 있었다. 하지만 왜 그런지는 몰랐다. 반면 남자는 얼굴색 하나 바뀌지 않았다. 어디서 개가 짖나? 그런 표정이었다. 돈 주고 자네를 살 생각은 없네. 자네는 계단이나 깨끗이 청소하면 돼. 그럼 내가 돈을 주지.

"그 집은 아주 넓다네. 자네가 가본 그 어떤 집보다 그렇지. 자네가 생각하는 그 어떤 집보다도 그렇고. 아직 들어가본 적은 없겠지?"

"부르지 않더라고요. 아직은 그렇게 친한 사이가 아니거든요."

"방도 아주 많아."

종현이 가본 그 어떤 집보다. 물론 종현이 생각하는 그 어떤 집까지 포함해서.

"화장실 옆에 다용도실이 있네. 화장실하고 나란히 붙어 있으니까 쉽게 찾을 수 있을 거야."

"꼭 서울 지리를 설명하는 것 같네요. 그러지 말고, 내비를 찍고 가는 게 빠르지 않을까요."

"원래는 세탁기 같은 걸 넣어 두는 곳이야. 수도시설과 하수구가 있는 걸 보면 그래. 하지만 거기에서 꼭 세탁기를 돌려야 하는 건 아니지."

화장실 옆에 정말 그런 방이 있기는 했다. 나무 재질에 야구공처럼 둥근 버튼식 문고리가 달린. 문은 평범했지만, 문을 열고 난 다음에는 평범한 게 정말 하나도 없었다. 온통 하얗고 번들거렸다. 사방에 댄 완충 벽재가 조명을 받아 그런 빛을 내고 있었다. 방음 효과도 겸하는 것 같았다. 소리를 먹어 치울 만큼 허기지고 삭막해 보였으니까. 한쪽 벽에 붙어 있는 철제 침대와 칸막이가 없는 양변기가 다였다. 의자도 하나 놓여 있었다. 소파는 아니었고, 소파만 한 크기의 철제의자였는데, 팔걸이와 앞쪽 다리 두 개에 가죽끈이 달려 있어서 마치 큼지막한 더듬이 몇 쌍을 축 늘어트린 채 쉬고 있는 괴물 같았다. 문을 열기 전에 이야기를 듣기는 했지만, 귀로 듣는 것과 직접 눈으로 보는 것은 하늘과 땅 차이였다. 종현은 충격을 받았고, 머리털이 쭈뼛 설 정도로 무서웠다. 그 전에 무슨 이야기를 들었건 하나도 남김없이 싹 잊어버릴 만큼.

"깨끗하게 치워 뒀네. 아주 깨끗하게."

깨끗하게 치운다는 기준이 사람에 따라서는 전혀 다를 수 있다는 걸 그때 종현은 까맣게 몰랐다.

재즈를 싫어하지는 않았지만, 모르는 곡이라 귀에 들어오지 않았고, 술맛은 그저 그랬다. 사이다 잔에 소주를 반쯤 붓고, 거기에 얼음 몇 덩어리를 띄워도 비슷한 맛이 날 것 같았다. 어쨌거나 종현은 그때 두 가지 생각을 하고 있었다. 이 위스키는 대단히 고상하면서도 합법적인 사기지만, 어차피 계산은 자기가 하는 게 아니라는 생각. 그리고 종현은 깨끗이 치운다는 것에 대해서도 잠깐 생각했다. 우선 물건들을 제자리에 놓고, 과자 부스러기나 살비듬 같은 것들을 바닥에서 쓸어낸 다음, 물걸레로 구석구석 깨끗하게 닦은 뒤 마무리하는 정도. 하지만 거기에 멀쩡한 가정집 다용도실을 호러 영화에서나 나올 법한 정신병원 격리실로 리모델링한다는 의미는 없었다.

"술주정뱅이를 거기에서 지내게 했으면 하는데 말이야……."

문이 밖에서 잠기도록 개조하는 건 간단했다. 개조라고 할 것도 없었다. 사람을 불러서 돈 몇 푼 주면 오 분도 걸리지 않을 테니까. 거기에 맹꽁이 열쇠 두 개를 더 달았다고 했다. 사람을 불러서 시켰는지, 자기가 직접 달았는지는 모르지만, 아무튼 맹꽁이 열쇠라고 해서 우습게 볼 물건은 아니라는 말도 덧붙였다. 때가 되면 제구실을 하거든. 어떤 면에서는 사람보다 낫지. 믿을 수 있으니까. 술 때문일 수도 있고 분위기 때문일 수도 있었다. 아무튼 그날따라 남자는 말이 많았다. 하지만 지내게 한다는 말을 감금한다는 말로 수정하지는 않았다. 하긴 말을 바꾼다고 해서 의미가 달라지는 건 아니지만.

"자네는 문 밖에서 지키기만 하면 돼. 그게 자네도 편할 거야. 물론 굶기라는 소리는 아닐세. 먹을 건 줘야지."

"그러니까 이제부터 배식 담당으로 일해보라는 소리네요."

"쉽지만 중요한 일이야. 그리고 한 가지 더 있네. 때가 되면 문을 열어줘야 해. 이것도 쉽지만 중요한 일이지. 나갈 때마다 문을 부술 수는 없으니까."

남자는 칵테일 잔을 빤히 들여다보면서 그걸 만지작거리고 있었다. 종현에게는 눈길도 주지 않았다. 그렇다고 불만은 없었다.

"생각해볼게요."

종현의 목소리에는 자신이 없었다. 하긴 자신 있게 말할 수 있는 내용이 아니기도 했지만.

"벌써 잊었나? 생각은 내가 해. 자네는 내가 생각한 대로 움직이기만 하면 되는 거고."

"생각 좀 하면서 살라는 말은 많이 들어봤지만 그런 말은 처음 듣네요. 아니, 두 번짼가."

이래서 계단 청소부가 그런 말을 했구나, 라는 생각을 종현은 잠깐 했다. 머리가 좋지는 않았지만, 이렇게 무거운 걸 달고 다닐 땐 다 그만한 이유가 있는 거라고, 그래서 자기도 가끔은 생각이라는 걸 하고 싶어질 때가 있다고, 몇 마디 해줄 수도 있었다. 하지만 종현은 그러지 않았다. 딱 잘라 거절할 수도 있었지만 그러지 않은 것처럼. 그럴 만한 입장이 아니라는 게 종현을 그렇게 만들었다. 몇 번 삐딱선을 타는 것과는 성격이 달랐다. 남자의 주머니 속에서 나오는 돈으로 종현은 많은 것을 계산해야 했다. 사무실 임대료와 공과금, 매달 기본적으로 나가는 생활비라는 것도 있었고, 무엇보다 며칠 전에 카탈로그에서 본 외제차를 포기할 수 없었다. 종현은 차를 바꿀 때가 됐다고 생각했다. 종현의 입장은 그랬다. 그래서 혀가 입천장에 붙은 사람처럼 말을 아꼈다.

"자네도 나를 괴물이라고 생각하나? 아니지, 아니야. 그전에 먼저 나를 뭐라고 생각하는지부터 물어보는 게 순서겠군."

바텐더가 살짝 고개를 움직였다. 이쪽을 의식하는 게 분명했다. 하지만 남자는 신경 쓰지 않았다. 종현에게도 그랬고, 종현이 어떤 생각을 하는지에 대해서도 사실은 관심이 없는 것 같았다. 남자는 계속 칵테일 잔만 만지작거렸다. 그게 정말 여자의 귓바퀴라고 생각하는 사람처럼.

"글쎄요. 생각이라는 걸 해본 지가 하도 오래돼서요. 그리고 요즘은 무슨 생각만 좀 하려고 하면 누가 계속 잔소리를 해대거든요."

"하긴 자네의 생각 같은 건 내 알 바 아니지. 관심도 없고."

남자는 엄지와 검지로 올리브를 집어서 입에 넣은 다음 그걸 질겅질겅 씹었다. 앞니로, 어금니로, 다시 앞니로. 쩌어업 쩌어업, 그때마다 작지만 길고 질척한 소리가 났고, 그건 마치 올리브가 아니라 생간이나 전두엽 같은 걸 씹어대는 소리처럼 들렸다. 꿀꺽, 올리브를 올리브가 아니라 생간이나 전두엽처럼 삼킨 다음, 남자는 말을 이었다. 지구가 자기를 중심으로 돌아간다는 듯이. 아니, 지구라는 행성을 돌리고 있는 건 틀림없이 자기가 맞다고 굳게 믿는 사람처럼.

"자네는 결국 내가 시키는 대로 하게 될 테니까. 지금까지 그래 왔던 것처럼……. 나를 실망시키지만 않는다면 우리는 아주 잘 지낼 수 있을 거야. 자네는 돈을 원하고, 전에도 말했지만, 나는 돈이 아주 많은 사람이니까."

"노력은 해볼게요."

"그럼 됐어. 나는 너무 쉽게 자신의 능력을 장담하는 인간을 믿지 않지. 그런 자들은 대개 무능하거든. 아니면 자기가 무능하다는 걸 모를 만큼 어리석거나. 하지만 자네는 그렇지 않지. 그건 나도 알아."

"지금 그거 칭찬이에요?"

종현은 자기가 꼭 상담실에 불려 온 고등학생 같다고 생각했다. 고등학교 때 몇 학년 몇 반이었는지 기억도 나지 않는데 그랬다.

"하지만 자네는 너무 겁이 없어서 탈이야. 나는 지금 여기서 자네를 쥐도 새도 모르게 죽일 수도 있네. 자네뿐 아니라 여기 있는 모두를 그렇게 할 수도 있지. 그런데 내가 왜 그러지 않는지 아나? 자네가 죽으면 대타를 구해야 할 텐데, 나는 그렇게 시간이 남아도는 사람이 아니거든. 잘 달리는 차가 있는데 그걸 폐차시키고 다른 잘 달리는 차를 찾을 필요가 뭐 있겠나. 그리고 자네 같은 친구가 흔한 것도 아니고. 저기 있는 바텐더도 그래. 요즘은 이렇게 맛있는 칵테일을 만들 줄 아는 바텐더가 흔치 않지."

바텐더는 한 손에 든 마른 행주로 방금 새로 꺼낸 술잔을 닦고 있었다. 열세 개짼가 열네 개짼가 그랬고, 속이 넓은 와인 잔이었다. 종현은 그러고 있는 바텐더의 모습이 더 오싹했다. 불과 몇 걸음도 떨어지지 않은 곳에 죽음이 와 있다고, 당신이 만든 칵테일을 마시며 스툴에 앉아 있다고, 그리고 당신이 아직 살아 있는 건 맛있는 칵테일 덕분이라고, 아무리 귀띔해줘도 믿을 것 같지 않은 얼굴이었으니까.

갑자기 입술이 하얗게 말라 타들어가는 것처럼 목이 말랐다. 종현은 술잔에 남아 있는 걸 단숨에 털어넣고 길게 한 번 숨을 골랐다. 새끼손톱만 한 얼음덩어리 몇 개가 입 안에 남아 굴러다녔다. 종현은 그걸 어금니로 부순 다음, 다시 길게 한 번 숨을 골랐다. 하지만 이가 떨리고, 손이 떨리고, 평소에는 그런 게 있는지조차 몰랐던 세포 하나하나까지 전부 떨리고…… 떨림은 멈추지 않았다. 바텐더보다 상황이 훨씬 안 좋았으니까. 고개를 살짝 돌리기만 하면 남자의 땀구멍까지 볼 수 있는 자리에 앉아 있었으니까.

“마음만 먹으면 그럴 수 있다는 얘기야. 손바닥을 뒤

집듯 언제든지 그렇게 할 수 있지. 협박이라고 생각한다면 직접 시험해봐도 좋아. 하지만 그러라고 자네에게 권하고 싶지는 않군."

분명 남자가 무슨 말을 더 할 텐데, 남자가 무슨 말을 할지, 종현은 자기가 그 말을 알고 있다는 생각이 들었다. 그리고 남자는 실제로 그 말을 했다. 토씨 하나 틀리지 않게.

"……죽게 될 테니까."

종현은 그곳에 있는 모든 것이 너무 연극적이라고 생각했다. 여기저기 흩어져 있는 테이블 몇 개는 소품 같았고, 바 뒤에서 술잔을 닦고 있는 바텐더는 조연 같았으며, 들릴 듯 말 듯 볼륨을 맞춰 놓은 재즈는 배경음악 같았다. 또 남자는 말을 하는 게 아니라 대본에 있는 대사를 치는 것 같았는데, 종현에게는 그게 전혀 현실성이 없는 말처럼 들렸다. 종현이 생각하는 인생에는 그렇게 극적이고 첨예한 장면이 없었다. 반쯤 풀린 나사처럼 느슨하고, 물에 물 탄 듯 술에 술 탄 듯 분명하지 않을뿐더러, 아무것도 손에 잡히지 않을 만큼 모호해서, 결국 그러다 끝장이 나는 게 인생이라고 생각했다. 적어도 남자의 말처럼 단적이거나 강렬하지는 않았다. 누구도 그걸 견딜 수 없을 테니까. 순간 종현은 자기가 궤도를 이탈했다는 느낌을 받았고, 다시는 돌아갈 수 없으리라는 전망 때문에 아찔한 공포를 느꼈다. 그건 두꺼운 얼음판 밑에서 익사할 때까지 몸부림치는 느낌과도 비슷했다.

"술주정뱅이는 나를 괴물이라고 생각하나본데, 그건 반은 맞고 반은 틀린 생각이야. 자네 그거 아나? 세상에 괴물 같은 건 없어. 괴물 같은 인간이 있을 뿐이지. 어쩌면 사람의 마음이 진짜 괴물일지도 모르고."

남자는 자기가 괴물이라는 말을 그렇게 했고, 작게 바텐더를 부른 다음 똑같은 칵테일 한 잔을 더 주문했다.

"자네도 잔이 비었군. 한 잔 더 하겠나?"

종현은 잠깐 생각한 뒤 그러겠다고 대답했다. 여전히 목이 말랐다. 술을 입에 댄 게 언제였는지 기억도 나지 않았지만, 지금은 그런 걸 따질 때가 아니라고 생각했고, 어쩌면 그보다는 그냥 취하고 싶었는지도 몰랐다. 과부하가 걸린 회로 기판처럼 저항이며 트랜지스터 같은 것들이 까맣게 타버린 느낌이었다. 종현에게는 그게 몸일 수도 있었고 마음일 수도 있었지만, 사실 양쪽 모두일 가능성이 가장 컸다.

"아무튼 나는 자네가 일하는 방식이 마음에 들어. 맹꽁이 열쇠만큼은 아니지만, 지금까지는 그래. 이 칵테일도 아직은 마실 만하고……. 생각을 하고 싶다면 그렇게 해. 하지만 시간을 너무 오래 끌지는 말게. 자네 때문에 시간을 낭비하고 싶지는 않으니까."

"생각해볼게요."

생각은 해볼 수 있었다. 하지만 생각이 문제를 해결해주는 것은 아니었다. 그래도 시도해볼 만한 가치는 충분히 있었다. 어쩌면 도움이 될지도 모르니까.

다음날은 아침부터 햇빛이 쨍했다. 정오가 지나고 그림자가 짧아질수록 더 그랬다. 종현은 파라솔 밑에 앉아 두병을 기다렸다. 그리고 오후 한 시 십오 분, 두병은 평소와 비슷한 시간에 아파트를 나섰고, 종현은 삼십 초쯤 멍하니 앉아 있다가 가방을 메고 자리에서 일어났다.

두병은 느릿느릿 앞만 보며 걸었고, 아니 고개를 숙

이고 있었기 때문에 몇 걸음 앞에 있는 땅바닥을 보는 것 같았고, 그게 의도적이든 아니든 종현을 의식하지 못하는 것 같았다. 바람 한 점 불지 않았다. 지랄 맞게 쨍한 날씨였다. 사람들은 그렇다 쳐도, 개나 고양이 한 마리 돌아다니지 않았다. 모두 약속이라도 한 것처럼 입을 다물고 있어서, 약간의 소음이 그리워질 정도로 굉장히 조용했다. 강하게 내리쬐는 햇빛이 수분뿐 아니라 소리까지 전부 말려버린 느낌이었다. 잠시 후 두병은 서점 건물 쪽으로 방향을 틀었고, 종현도 두병을 따라 서점 안으로 들어갔다.

앵글은 카메라 셔터를 누른 것처럼 찰칵, 그 순간의 한 장면밖에 잡아내지 못했다. 오른쪽 왼쪽으로 흔들리지도 않았고, 거친 숨소리도 들리지 않았다. 깨끗하게 잘 찍긴 했는데, 그건 누가 봐도 달랑 한 장뿐인 사진에 불과했다. 여러 개의 네모난 아크릴 통이 보였고, 거기에 빼곡히 꽂혀 있는 수백 개의 볼펜들. 까맣거나 빨갛거나 파란 볼펜 머리는 벌통에 달라붙어 이리저리 기어 다니고 제멋대로 윙윙대는 벌떼처럼 보였다. 하지만 그게 다였다. 앵글은 인색했고 그걸로 알아낼 수 있는 사실은 얼마 없었다.

종현은 지난밤에 있었던 일을 단편적으로밖에 기억하지 못했다. 한 잔이 두 잔이 될 때는 몇 미터마다 계속 과속방지턱에 걸리는 느낌이었다. 경험 삼아 딱 한 잔만 하자는 처음 생각에도 변함이 없었고, 정신도 비교적 멀쩡한 편이었다. 하지만 두 잔이 세 잔이 될 때는 달랐다. 과속방지턱 같은 건 없었다. 딱 한 잔만 더 하자는 생각을 잠깐 했지만, 잔 밑에 남아 있던 얼음 몇 덩어리를 이빨로 부수면서 그 생각을 잊었다. 그리고 세 잔째부터는 아예 그런 생각도 하지 않았다. 네 잔, 다섯 잔…… 마시면 마실수록 목이 말랐다. 누가 자기 잔에 입을 대는 것 같았다. 그만큼 술잔은 빨리 비었고, 종현은 누가 그러는지 잡아내고야 말겠다고 단단히 결심한 술주정뱅이처럼 계속 술잔만 노려보고 있었다.

"사람들은 모르지만, 사람의 뇌라는 건 사람들이 생각하는 것보다 훨씬 굉장한 걸세……."

남자의 목소리는 물에 풀린 휴지처럼 흐느적흐느적 공중에 떠다녔다.

"그런데 말이야……. 사람들은 그걸 열에 하나도 사

용하지 못하고 죽지…….”

하지만 자기는 그걸 전부 사용할 수 있다고, 그렇게 말하는 남자의 목소리를 어렴풋하게 들은 것 같았다. 믿을 수 없었지만, 종현은 사기 치지 말라고는 말하지 않았다. 대신 몇 번 고개를 끄덕이기만 했는데, 그건 아무래도 상관없다는 뜻이기도 했고, 관심은 있지만 자기는 낄 생각이 없다는 뜻이기도 했다.

“……몸도 그래. 뇌만큼은 아니지만. 사람의 근육이라는 것도 사람들이 생각하는 것보다 훨씬 빠르고 강력하지. 그걸 누가 어떻게 사용하느냐에 따라서 말일세…….”

남자는 이번에도 자기가 그걸 그렇게 사용할 수 있다고 했고, 종현은 그때 어디선가 본 적이 있는 해외토픽 기사를 떠올리고 있었다. 아이를 구하기 위해 어느 평범한 가정주부가 트럭을 들어올렸다는, 정말 말도 안 되는 이야기였다. 괴수나 UFO 목격담처럼 아무런 근거도 없는 흥밋거리라고 생각했다. 그리고 남자의 말을 들은 뒤에도 그 생각에는 변함이 없었다. 하지만 한번쯤 가능성을 열어두고 고려해볼 필요는 있을 것 같았다.

“남은 술은 가져가도 되네. 그건 자네 거니까.”

모든 게 몽롱했고, 아니 하나둘씩 뭉텅뭉텅 지워졌고…… 남자는 종현의 어깨를 두세 번 툭툭 두드린 뒤 자리에서 일어났다. 남자가 앉아 있던 스툴이 고장 난 대관람차처럼 반 바퀴쯤 천천히 돌다 완전히 멈춰 섰는데, 그건 마치 무슨 신호 같았고, 그때부터 종현은 소파나 책상 다리를 얼떨결에 맨발로 걷어찬 사람처럼 자기가 자기가 아니었으면 좋겠다는 생각을 간절하게 하기 시작했다. 더러운 변기, 길바닥에 뒤집혀 있는 금강제화 구두 한 짝, 엿가락처럼 흐물거리는 중앙차선과 급브레이크를 밟으며 정지하는 자동차 비명 소리……. 세상은 폭격이 지나간 후의 폐허 같았다. 일부분밖에 남아 있지 않아서 그게 원래 뭐였는지 짐작조차 할 수 없었다. 아무튼 그건 지금까지 종현이 알고 있던, 가끔씩 정색을 하면서 사람을 엿 먹이기도 하지만 대체적으로 그럭저럭 같이 지낼 만한, 그런 세상과는 거리가 멀어도 한참 멀었다. 물론 처음은 아니었다. 그날은 종현의 생일이었고, 단편적인 장면들과 취객이 가득했던 경찰서……. 종현의 옆자리에 팔뚝 문신을 한 덩치가 앉아 있었다. 역삼각형 모양의 음모와 점처럼 찍혀 있던 한 쌍의 유두. 그래서 더 기분이 더러웠다. 그때 무슨 일이 있었고, 그것 때문에 자기가 어떻게 됐는지 정확하게 기억하고 있었으니까.

어느새 종현은 사무실 소파에 엉덩이를 대고 앉아 있었다. 어떻게 그렇게 됐는지, 얼마나 시간이 흘렀는지, 기억나는 건 정말 하나도 없었다. 그래도 세 가지 사실만큼은 확실하게 알 수 있었다. 그 중 한 가지는 좋은 소식이었고, 다른 하나는 나쁜 소식이었으며, 나머지 한 가지는 그걸 어떻게 보느냐에 따라 달라질 수 있었는데, 종현은 좋은 소식부터 들어보기로 했다. 사고를 친 것 같지는 않았다. 경찰도 없었고, 취객도 보이지 않았다. 균형이 맞지 않는 경찰서 의자가 아니라 사무실 소파에 엉덩이를 걸치고 앉아 있다는 사실은 확실히 좋은 소식이었다. 하지만 종현의 옆에는 어떤 물건이 놓여 있었고, 그건 나쁜 소식에 해당했다. 공포는 다른 어떤 것보다 구체적이고 현실적인 물건이었다. 손을 뻗으면 만질 수도 있을 것 같았다. 물론 그러고 싶은 생각은 눈곱만큼도 없었지만, 그러겠다고 마음만 먹으면 언제든지 그럴 수 있을 것 같았다.

"……죽게 될 테니까."

남자는 그렇게 말했고, 남자의 목소리에서는 사람 허벅지 살을 한 근쯤 도려낸 듯 시뻘건 생피가 뚝뚝 떨어져내렸다. 물론 죽음을 두려워하지 않는 사람이 가끔 있기는 했다. 두려워해도 그렇게 두려워하지 않는 사람이 있을지도 모르고. 하지만 그건 책에서나 볼 수 있는 훌륭한 사람들의 이야기였다. 종현은 자기가 그런 사람이 아니라는 걸 모를 만큼 멍청하지 않았다. 아니, 오히려 너무 잘 알아서 탈이었다.

"……죽게 될 테니까."

종현은 계속 그 생각만 했고, 그 생각밖에 하지 않았고, 다른 생각은 할 수 없었다. 그렇게 포화상태에 이른 생각은 어느 순간부터 입자가 굵은 침전물처럼 바닥에 가라앉아 덩어리지더니, 부피가 생기고, 질감이 생기고…… 그러다 묵직한 돌덩이처럼 고집스럽게 종현의 옆자리에 앉아 있었다. 그 생각이 바로 공포였다. 바에서 사무실까지 종현의 등에 업혀 한순간도 떨어진 적 없는, 세상이 어떻게 되든 강한 내구력을 자랑하며 끄떡도 하지 않을 것 같은 공포. 그것은 마치 좁은 하수관에 몸이 꽉 낀 채 이러지도 저러지도 못하는 악몽과도 비슷했다. 바닥에서 점점 물이 차오르고 있었다.

남자는 자신의 말이 절대적일뿐더러, 그걸 단 한 번도 의심해본 적 없는 사람처럼 굴었다. 엄지손가락을 거꾸로 세우기만 하면 그게 누구든 죽일 수 있다고 생각하는 폭군 같았다. 그리고 그것은 어느 정도 사실이었고, 그래서 종현은 두려웠다. 남자는 자신만만한 목소리로 말했다. 결국은 자기가 시키는 대로 하게 될 거라고. 지금까지 그래 왔던 것처럼……. 종현도 물론 그렇게 되지 않을까 생각했다. 그리고 그게 가장 좋은 방법 같았다. 다른 방법은 생각나지 않았으니까. 하지만 그건 자기가 기어 들어온 하수관이 얼마나 좁은지 모를 때의 이야기였다.

종현이 어떻게 하든, 설령 남자가 시키는 대로 두병을 가두고, 끼니때마다 식판을 밀어넣고, 그대로 두면 부서질지도 모르는 다용도실 문을 그 전에 열어준다 해도, 변하는 건 아무것도 없을 것 같았다. 종현은 뒤통수가 깨진 유괴범과 이제는 그 어떤 냄새도 두 번 다시 맡을 수 없게 된 박 형사를 떠올렸다……. 종현은 번호표를 뽑고 은행창구 앞에 앉아 자기 차례가 되기를 기다리는 기분이었다. 한마디로 굉장히 더러운 기분이었다. 남자가 누르면 바로 터지는 폭탄이라면, 두병은 그때부터 째깍째깍 초재기에 들어가는 시한폭탄 같았다. 어쨌든 폭탄은 폭탄이었고, 폭탄이라는 사실에는 변함이 없었다. 물론 얼마쯤 시간을 벌 수는 있을 테고, 그게 작은 차이가 아니라는 건 종현도 알고 있었다. 하지만 째깍째깍 누군가의 분노가 명절날 설거지거리처럼 수북하게 쌓이고, 그러다 째깍째깍 휴고보스나 아르마니 양복 같은 걸 입은 그의 무의식이 어느 날 불쑥 노크도 없이 찾아오기를 기다려야 한다면, 과연 그걸 사는 거라고 할 수 있을까. 숨 막히는 공포뿐일 텐데. 그리고 그런 공포에는 절대 익숙해지지 않을 텐데……. 좁은 하수관에 몸이 꽉 낀 채 계속 물이 차오르는 걸 지켜보는 기분이었다. 그것도 오물이 둥둥 떠다니는 누런 하수를.

소파 테이블 위에 술병이 놓여 있었다. 바에서 들고 나온 술병이었다. 술은 허리 근처까지 반쯤 차 있었고, 그 정도 양이면 멀쩡하게 서 있는 모아이 석상이나 돌하르방 같은 것도 이리저리 비틀대다가 자기 발에 걸려 넘어지는 술주정뱅이로 만들 수 있을 것 같았다. 머리에서 허리까지, 반쯤 혼자서 마시고 난 종현의 생각에는 그랬다. 그리고 그건 좋은 소식도 나쁜 소식도 아니었다. 어떻게 보느냐에 따라 완전히 달랐다. 손이 떨리고, 발이 떨리고, 그렇게 온몸이 떨리고…… 무릎 높이쯤 되는 소파 테이블 위에 술병이 놓여 있었다. 그뿐이었고, 그게 다였다.

종현은 빵집과 커피전문점 앞에서 두병을 기다렸다. 갓 구운 바게트 두 덩어리와 종이컵에 담긴 테이크아웃 커피 한 잔. 빨간 바구니 자전거 한 대가 벨소리를 울리며 빵집 앞을 지나갔고, 손에 축구공을 든 아이들은 자기들끼리 떠들다가 커피전문점 앞에 우두커니 서 있는 종현을 발견하고는 입을 다물었다.

두병은 계속 연료가 바닥난 용달차처럼 움직였는데, 마치 뒤에서 누가 끙끙대며 미는 것 같았고, 그건 평소에도 그랬기 때문에 이상한 점이 아니었다. 나사가 두 개 이상 풀린 사람이 아니면 절대 지을 수 없는 멍한 표정과 성의 없는 박수 소리처럼 나른하게 발뒤꿈치를 때리며 이어지는 가죽 샌들 소리, 보폭도 예전 그대로였다. 하지만 종현은 그렇지 않았다. 눈빛에서 분위기까지 전부 다른 사람 같았다. 구겨진 양복에 검은 구두를 꺾어 신고 있다뿐이지, 어떻게 보면 두병과 거의 비슷했다. 그리고 그건 확실히 이상한 점이었다. 평소의 종현은 그렇지 않았으니까.

그날도 야외무대에는 공연이 없었다. 사람을 느슨하게 만드는 클래식 음악과 가끔 날아와서 발밑을 쪼아대는 비둘기 몇 마리가 다였다. 객석은 모두 비어 있었고, 앞으로도 한동안은 그럴 것 같았다. 두병은 객석 맨 앞줄에 앉아 뒤통수의 삼 분의 일이 보일 때까지 몸을 묻었다. 마치 누가 거기 앉아서 그러라고 시킨 사람처럼 두병은 꼼짝도 하지 않았고, 앞으로 한동안은 그럴 것 같았다.

모차르트 교향곡 25번. 음악은 더 이상 사람을 느슨하게 만들지 않았다. 느릴 때는 음산했고, 빠른 부분에서는 높고 날카로운 음들이 사람의 신경을 긁어댔다. 종현은 객석 맨 뒷줄에 앉아 두병의 뒤통수를 바라보며 그 음악을 듣고 있었다. 멍하게 뜬 표정이 꼭 술 취한 사람 같았는데, 그건 반쯤 사실이었고 반쯤 사실이 아니기도 했다. 숙취 때문에 목이 말랐다. 실제로는 손가락 굵기밖에 안 되는 목구멍이 드넓은 모래사막으로 변한 것 같았다. 망치로 후려친 것처럼 머리가 아팠다. 그렇게 몇 대 더 맞으면 조각이 튀고, 금이 가고, 두 쪽으로 쩍 갈라진 다음 가루가 될 것 같았다. 어쨌든 숙취 때문에 목이 말랐고, 머리가 아팠고…… 세상이 점점 제대로 보이기 시작했다. 그리고 그때부터 종현은 생각이라는 걸 좀 해봐야겠다고 생각했다. 되든 안 되든, 최소한 노력은 해봐야겠다고.

종현의 오른쪽 옆자리에는 녹색 가방이 놓여 있었다. 멜빵끈이 길고 덩치가 큰 크로스백이었다. 지퍼가 반쯤 열려 있었다. 아니, 닫히지 않은 상태로 입을 벌리고 있었다. 그 사이로 개줄과 고양이 장난감, 참치 캔과 개껌 같은 잡동사니들이 보이고……, 묵직한 망치 머리가 보였다. 못을 박기 위해 들고 나온 건 아닌 것 같았다. 예전에는 그랬을지 모르지만, 적어도 지금은 아니었다. 망치 옆에 놓여 있는 또 다른 물건도 보였다. 술병 밑바닥은 돋보기만큼이나 두툼했고, 거기에는 왕실 문장처럼 고풍스러운 로고가 찍혀 있었다. 포효하는 사자 같았다. 포효하는 고양이 같지는 않았으니까. 똑바로 세워서 확인해봐야 알겠지만, 술은 얼추 무릎 높이까지 차 있었고, 그 정도면 모아이 석상이나 돌하르방을…… 아무튼 충분한 양이었다. 그리고 그건 좋은 소식도 나쁜 소식도 아니었다.

"……죽게 될 테니까."

생각은 해볼 수 있었다. 하지만 생각이 문제를 해결해주는 것은 아니었고, 어디로든 도망치고 싶을 때는 더 그랬다. 그리고 술병에는 술이 남아 있었다. 그뿐이었고, 그게 다였다. ■

개정판 작가의 말

이 글을 쓴 10년 전에는 거의 모든 것이 지금과는 달랐다.

당연한 말이지만 그때 나는 지금보다 열 살 어렸다. 많은 것을 할 수 있었고, 그보다 더 많은 것을 할 수 없었다. 많은 것을 안다고 생각했지만 그것은 잘못된 생각이었다. 무엇을 모르는지, 그리고 얼마나 많이 모르는지 몰랐던 것뿐이었다. 그때는 지혜와 교만을 구분하지 못했고, 비판과 호의 중 어떤 것이 더 귀한지 알지 못했다. 또 그때는 소설과 이야기의 차이를 몰랐다. 세 살 된 아들이 이불 위에 누워 있었고, 나는 아이가 울 때마다 기저귀를 갈아주거나 딸랑이를 흔들어주거나 했다. 그때 나는 아들이 나와 내 글을 얼마나 멀리까지 데리고 갈지 몰랐다. 이 글은 그 모든 것들의 경계에서 쓴 글이다.

달라지지 않은, 너무나 소중한 것들도 있다.

좋은 아내가 여전히 내 곁에 있다. 그녀의 글도 10년 전보다 거의 모든 부분에서 달라졌고, 점점 더 깊어지고 있으며, 10년 후에는 더 많은 성취에 도달하리라 믿는다. 올해 아들은 열두 살이다. 항상 뒤돌아보며 손 흔들어주는 아들이 자랑스럽다. 연세가 많으신 부모님들이 앞으로도 더 오래오래 그 자리에 머물러 계셨으면 좋겠다. 하나님께서는 인간은 자신보다 더 가치 있는 존재를 바라볼 때 비로소 가치 있는 존재가 된다는 것을 알려주셨다. 변함없이 나를 지탱해주는 모든 이들에게 감사드린다.

2024년 여름

강태식

작가의 말

사람을 움직이는 연료는 욕망이다,

오래전부터 이렇게 생각해 왔습니다.

그게 인간의 실존 같았고 그 생각에는 지금도 변함이 없습니다.

삶도 욕망도 싱크대에 쌓이는 설거지거리처럼 언제까지나 되풀이되는 것이 아닐까? 생각하고 있습니다.

이 소설 역시 그런 내용입니다.

계속 굴러떨어지는 바위 덩어리를 떠올리면서, 쥐도 새도 모르게 조용히, 하지만 전세 보증금처럼 확실하게 불어나는 설거지거리를 생각하면서 썼습니다.

욕망은 바위덩어리처럼 계속 떨어져내리고, 사람들은 욕망이라는 연료로 움직이는 것 같았습니다.

하지만,

사람을 움직이는 연료가 욕망이 전부는 아니더군요.

늦은 나이에 아들이 생겼습니다.

무거운 놈이라 안고 있으면 팔이 아프고, 얼마 전부터는 손목이 시큰거리는 게 침이라도 맞아야 하나? 고민하게 됩니다.

아직 말도 못하는 아기라 둘이 있으면 멀뚱멀뚱 할 것도 없고.

들고 안고 업어야 하는데, 아무래도 무리입니다.

하지만 어느 순간 저는 무리를 하고 있는 제 모습을 발견합니다.

아들이 저를 보며 웃어주니까요.

욕망이 아닌 건 분명한데, 어떤 연료가 나를 움직이는 것일까? 생각해봅니다.

그리고 다음에는 그 연료에 대해 써보자고 결심합

니다.

사랑한다, 서원아.

감사의 말을 전하고픈 분들이 많습니다. 하나님, 아버지, 어머니, 장인어른, 장모님, 처제들과 두 여동생…… 고맙습니다. 부족한 글을 기다려주신 은행나무 이진희 님과 강건모 님께도 머리 숙여 감사드립니다. 그리고 서유미 씨에게도 많이 좋아하고 있다는 말을 전하고 싶습니다.

여보, 걱정하지 마. 서원이는 당신 다음이야.

2015년 겨울

강태식

두 얼굴의 사나이

1판 1쇄 발행　2015년 12월 8일
개정판 1쇄 발행　2024년 6월 4일

지은이 · 강태식
펴낸이 · 주연선

(주)은행나무
04035 서울특별시 마포구 양화로11길 54
전화 · 02)3143-0651~3 | 팩스 · 02)3143-0654
신고번호 · 제 1997—000168호(1997. 12. 12)
www.ehbook.co.kr
ehbook@ehbook.co.kr

ISBN 979-11-6737-431-8 (03810)